風野真知雄

坂本龍馬殺人事件

歴史探偵・月村弘平の事件簿

実業之日本社

実業之日本社文庫

坂本龍馬殺人事件　目次

第一章　現代の龍馬暗殺

1

歴史ライターの月村弘平と、警視庁捜査一課の上田夕湖は、京都に来ていた。

恋人同士である二人だが、いっしょに旅行するのは久しぶりである。

ともに忙しいうえに、夕湖は事件が起きれば呼び出されるため、ふつうのＯＬみたいに気ままな旅行は難しい。

今度も、土日を使って一泊二日の日程が精一杯だった。

京都がいいと言ったのは、夕湖のほうである。

「もう、ぜったい京都に行きたい。わたし、中学の修学旅行以来、京都に行ってないんだよ。いまどき、外国人の旅行者だって、京都のリピーターはいっぱいいるのに」

と、熱烈に主張した。

「でも、六月の京都というのは、あんまり見どころはないと思うよ」

月村はそう言ったが、

「その分、空いてるからいいじゃない」

と、夕湖は譲らない。

もっとも月村は、京都は何度行ってもいいところなので、反対などはしなかった。

スケジュールも夕湖が立てた。

「わたし、雑誌で見るたび、ここはどうしても行きたいって切り抜いておいたんだよ。だから、ここらへんは外せないよね」

と、最初の計画を見せられたとき、

「夕湖ちゃん。これだと、門前を回るだけで一泊二日は終わるな。なかの見物とかはできないし、食事する時間もないね」

月村は呆れて笑った。

こんな予定だった。

〈一日目〉

清水寺、八坂神社、上賀茂神社、下鴨神社、金閣寺、銀閣寺、西芳寺、龍安寺、祇園。

〈二日目〉

伏見稲荷、京都御所、二条城、嵐山、天龍寺、大覚寺、平等院、京都交通博物館。


「京都交通博物館は、月村くんのために入れたんだよ」

「うん。それは嬉しいけど……」

「わたしもちょっと欲張りだというのはわかるけど、でも、どれもずうっと行きたかったんだよねえ」

夕湖は、下手すると、あと二つ三つは加えそうな勢いで言った。

「いや、まあ、気持ちはわかるよ。なんせ京都は名所だらけだからね。でも、お寺は一日に二つくらいにしぼって、あとは鴨川とか高瀬川界隈をのんびり散策しようよ」

と、月村はなだめすかすように言った。

「そうかあ。たしかに、食べたいものも多いんだよ。京都は意外にパンがおいしいって言うしね」

「ああ、そうだね」

町を歩いていても、パン屋の多いのは目につく。それも住宅地のなかにポツンと、こじゃれたパン屋があったりする。

「カレーもおいしいって。月村くん、カレーは外せないんじゃないの?」

「いやあ、京都に行ってるときくらい、カレーは我慢するよ」

「あ、そうなの? 中華も捨て難いと言うしね」

どうも胃薬は持って行ったほうがよさそうである。

「パンとか中華も、リピーターになってからでいいんじゃないの?」

「そうだね」

「ホテルは鴨川沿いにあるから、いろんな店もあるし。まずは、基本を押さえようよ。ニシンそばとか、豆腐料理とか」

「わかった。月村くんにまかせる」

ということになった。

結局、一日目はおなじみの清水寺から高台寺（こうだいじ）を回ることにした。もう、それだけで土曜の昼は過ぎてしまう。

遅めの昼ごはんは、京都南座近くで名物のニシンそば、それから四条大橋のたもとで抹茶のスイーツも食べた。

これであっという間に夕方になった。

それにしてもここ数年、着物姿の女性の観光客の多さにはびっくりする。ほとんどは、中国や韓国からの観光客だが、東南アジアやアメリカからららしき女性たちもいる。

皆、上手に着物を着て、下駄（げた）もよく転ばないと感心するくらい履きこなしているが、たまに笑いたくなるほど、着崩れしている人もいる。

「意外に着崩れしているのが日本人かもよ」

と、夕湖が言った。

「そうかね」

「だって、わたしなんか着物着ても、たぶん着崩れしちゃうと思う」

「そういえば、夕湖ちゃんの着物姿は見たことないよな」

「だって、刑事は無理だよ。どこで呼び出されるかわからないし」

「たしかにそうだな」

事件だと連絡が入ったら、着物がはだけようがどうしようが、走り出さなければならないのだ。つくづく大変な仕事だと、月村は思う。

夕暮れが迫ってきたころは、高瀬川沿いの道を歩いた。

このあたりはいかにも京都に来たという気がして、大好きな散歩道である。

それから予約しておいた豆腐料理屋に向かう途中、

「あ」

夕湖がふいに足を止めた。

「どうした?」

「ここ……」

高さ一メートルほどの、細い石標を指差している。

「あ、そうそう。ここがそうなんだよ」

石標には、

〈坂本龍馬　中岡慎太郎　遭難の地〉

とあり、さらにそれよりはずっと新しい龍馬の写真や解説文のモニュメントもある。十年前くらいに来たときは、石標しかなかった気がする。

「ここで龍馬さんが斬られて死んだんだ……」

中岡の名が出ないのは、申し訳ない気がしたが、

「ああ、そうだよ。じっさいはもうちょっとだけ南にずれるんだけどね」

と、月村はうなずいた。

本当は、この隣の店が近江屋の跡地なのだが、飲食店をしていた店主が、「遭難の地は縁起が悪い」と石標の建立を嫌がった。すると、隣の店の主が、「じゃあ、うちの土地に建てたらいい」と、土地の隅っこを提供したのだ。

「醤油屋さんだったんだよね？」

「そう。〈近江屋〉という名前のね」

その二階で、幕末のヒーロー・坂本龍馬と、中岡慎太郎が、突如、襲撃して来た七人の刺客によって暗殺されたのだ。

「ここでね……」

夕湖は、感慨深そうに周囲を見回した。

目の前は、河原町通という片側二車線ずつで、歩道もついた大きな通りになっている。交通量も人出も多い。

「江戸時代はもうちょっと道幅は狭かったけどね」

その分、現代の店先は後ろに下がっている。

「ドラマかなんかだと、後ろ側はお墓になっていたけど？」

「うん。いまもそうだよ。この裏手は、墓地になってるんだ」

「でも、あのころも京都の町のど真ん中だったんでしょ？」

「それどころか、すぐそっちが、土佐藩邸だった。龍馬は何度も脱藩はしていたが、このときは藩にもどっていたし、重役とも交流があり、なかに入ることはできたんだけど、遠慮したらしく、藩邸の近くに間借りしていたんだ」

「藩邸のなかにいたら、暗殺なんかされなかったんだ？」

「それはそうさ」

「そうだったのね」

夕湖は、つい昨日の悲劇を悔しがるように、大きなため息をついた。

2

豆腐料理のあと、祇園のお洒落(しゃれ)なバーでちょっと飲み過ぎてしまい、二人とも翌日は八時に起きるのがやっとだった。

また、ホテルのベッドが心地よくて、ぐっすり眠れたのである。

「贅沢（ぜいたく）なホテルよねえ」

夕湖は、朝食を取るラウンジから見える庭を見ながら言った。

「うん。ヤマト・ツーリストの川井綾乃（かわいあやの）さんのおかげで安くしてもらったからね」

川井綾乃の名に、夕湖は一瞬だけ微妙な表情をしたが、すぐにそれを笑顔でかきまぜるようにして、

「刑事の出張じゃぜったい泊まれないよ」

と、言った。

「ぼくだって、取材のときはもっと安いホテルに泊まってるよ」

「ああ、あと二、三泊できたら最高なんだけどねえ」

朝食はバイキング形式になっている。

「さあ、わたしはこういうときはたっぷり食べる」

夕湖はそう言って、料理が並ぶほうに向かった。

「じゃあ、ぼくは先にコーヒーを飲んでから」

この分だと、出発は十時過ぎになりそうである。

料理を取りに行ったはずの夕湖がなかなかもどらない。

トイレにでも行ったのかと、先に食事を始めていると、

「ごめん、ごめん。そっちのフロアで面白そうなイベントをやってたので、ついのぞいてしまったの」

「イベント？」

「現代の坂本龍馬を選ぶコンテストだった。ちょうど龍馬が決定するところだったので、つい、どんな人かと」

「そんなのやってるんだ」

「凄いよ。テレビ局とか来てて、応募総数六千人とか言ってた」

「へえ」

「でも、一位になった人、あたし好みじゃないなあ」

「龍馬に似てた？」

「うーん。ちょっと違う。なんか、甘過ぎる感じ」

「なるほど」

「あれなら月村くんのほうがいいよ。出ていたら、けっこういいところまで行っ

たんじゃないの？」

夕湖がそう言うと、月村は、

「つまんないこと、言うなよ」

と、珍しく顔をしかめた。

「あら、怒ったの？」

「怒っちゃいないけど、コンテストには、むちゃくちゃ嫌な思い出があるんだ」

「もしかして、そういうのに出たんだ？」

「それについては話したくない」

月村は口をつぐんだ。

じつは、大学一年生の学園祭のとき、同じ高校だった友だちから他薦され、ミスターキャンパスを選ぶコンテストに出たことがあったのだ。

その審査内容は、女の子をデートに誘うときの文句とか、着ているファッションとか、月村が苦手なことばかりで、すぐに出るんじゃなかったと後悔した。

そして、いざ投票となったら、月村は二票しか入らなかった。ほかの候補はほとんどが三桁（けた）だったので、異常に少ない票である。

しかも、その二票は両親がそっと見に来ていて、入れた票だった。

以来、コンテストに関してひどいトラウマができてしまった。

「ま、いいや。どうせそのうち白状するだろうから」

と、夕湖は笑い、山盛りにしてきたサラダを食べ始めた。

月村は、料理を控えめにしたので、すでに食べ終わっている。

「ぼくもちょっとのぞいて来ようかな」

「うん。行っておいでよ」

夕湖はまだメインのプレートに手をつけていない。

そこで、隣のフロアを見に行った。

3

月村がのぞいたとき、司会の女性はこんなことを言っていた。

「じつは、ここで急遽（きゅうきょ）、重大な発表があります。先ほど、応募総数六千三百十八人のなかから、現代の坂本龍馬こと、剣ヶ崎明日（けんがさきあした）くんが選ばれましたが、選考委員会でどうしてももう一人、落とすのが惜しいという若者がいて、現代の中岡慎太郎として選出しようということが、たったいま決定したのです」

司会の女性がそう言うと、客席側から、

「おーっ」

という、多少わざとらしいどよめきが起きた。

「それでは、発表しましょう。エントリーナンバー2876番。最終選考ナンバー8番。現代の中岡慎太郎こと、六堂禅一郎（ろくどうぜんいちろう）くん」

名前を呼ばれた若者が、肩をすくめながら、壇上に現われた。

先に選ばれていた剣ヶ崎明日が、握手して迎えた。

「六堂くんには、急遽、賞金五百万円が贈られることになりました。また、剣ヶ崎くんとともに一年間、Nテレビの〈6時のニュース・チャンピオン〉に海外キャスターとしてレギュラー出演していただきます！」

これで発表は終わったらしい。

さっき司会者が急遽、現代の中岡慎太郎を選んだというようなことを言っていたが、賞金五百万が準備もなしに手渡されるはずがない。

前から二人選ばれることは、決まっていたのだろう。

――ん？

月村は、なにげなく客席とは反対側のカーテンのほうに視線を向けたのだが、その陰に、なんとなく怪しい風情のサングラスをかけた男たちを見かけた。

一人ではない。二人？　三人？　複数の男たちがなにやら隠れてひそひそ話をしているのだ。

——ボディガードでもなさそうだしな……。

と、思ったとき、

「おい、月村」

ふいに後ろから声がかかった。

振り向くと、

「あ、なんだ、堀井じゃないか」

なんと雑誌『歴史ミステリーツアー』編集部の堀井次郎がいるではないか。

「取材か、月村？」

「いや、プライベートで」

「例の女性刑事とか？　おう、おう、見せつけるなよ」

堀井はそう言いながら、夕湖の姿を探すように、あたりをきょろきょろした。

「探さなくていいから。それより、わざわざこのイベントに来たの？」

「マスコミ取材で、バスに乗せられて来たのさ」

「へえ」

「Nテレビやスポンサーもかなり入れ込んでてな。うちも乗っかって、再来月の号で龍馬特集を組むことになったんだ」

「龍馬特集？　北斎（ほくさい）をやるんじゃなかったのか？」

「急遽、変更だよ」

「川井さんのところは？」

　特集には、旅行代理店のヤマト・ツーリストが提携することが多く、それでツアーを組んだりする。担当は、元アイドルの社員の川井綾乃で、彼女の許可も必要なのだ。

「オッケーだと。龍馬ツアーも組むつもりらしいぞ」

「あらあ」

　てっきり北斎だと思って、両国にできた北斎館も見て来たばかりだった。

「東京で打ち合わせするから、いつ帰る？」

「今日の夜にはもどるよ」

「じゃあ、明日の朝、連絡するよ」

「わかった」

と、月村がうなずいたとき、堀井のそばに妙な男が近づいて来た。

――え？

月村は目を瞠った。

金髪でちょん髷を結った外国人である。

身長は、一七五センチの月村より、二十センチは高いのではないか。ちょん髷もきちんと手入れはしておらず、後ろで縛ったやつの先っぽを上に向けて、龍馬ふうと言えなくもない。

Tシャツにジーンズだが、法被を着ている。紋のところに、〇に外の字が入っている。

いかにも異様である。

――何者？

月村はちょっとたじろいだが、

「やあ、残念だったねえ」

と、堀井が声をかけた。

「ほんと。現代のグラバーでもいいから入りたかったですよ」

と、その外国人は言った。

怪訝そうな顔をしていた月村に、

「コンテストの応募者なんだよ。さっき知り合ったばかりなんだけどな」

と、堀井が説明した。

その外国人はニコニコと笑みを見せながら、

「失礼ですが、マスコミの方ですか？」

と、月村に訊いた。かなり、英語系の人の訛りがある。

「ぼ、ぼくはフリーのライターですけど」

「初めまして。わたしは、こういう者です」

外国人は名刺を出した。

「あ、ぼくはプライベートで来ているので、名刺を持って来ていないのですが。

月村といいます。この堀井くんとは、長年の友だちで」

「けっこうです。以後、お見知りおきを」

と、ずいぶん古い言い回しをした。

名刺は日本語で書かれている。

名前を見ると、ドラゴン・ホースとある。

「龍・馬？　本名のわけないよね？」

「本名はないしょね。これで売りたいから。青い目の龍馬と呼んでください」

「は、はあ」

青い目の龍馬とか呼ぶのは、かなり照れ臭い。

「タレント志望なんだ。いちおう洛北大学に来ているアメリカ人留学生なんだけどね」

わきから堀井が言った。

「ははあ」

「龍馬のファンというのは本当らしい」

と、堀井はさらに言った。

「アメリカにも龍馬ファンがいるんだ?」

「大河ドラマを向こうでもやっていたんだと。それを見て、嵌まったんだそうだ」

「はい、龍馬、サイコーです」

ドラゴンがうなずいた。

「ベスト8までは残っていたんだけど、日本語の力がちょっと弱いのと、日本に対する誤解がひどくてな」

と、堀井がさっきの選考経過を説明した。

「誤解？」

「なんせ、もともと忍者が好きで日本文化に嵌まったらしいんだけど、坂本龍馬忍者説を言い出しちゃったからな」

「それはまた」

「ドラゴン。あれは言わないほうがよかったと思うよ」

と、堀井はドラゴンに言った。

「そうですかね」

「ま、コンテストには落ちても、自分で青い目の龍馬を売り文句にしていればいいんじゃないの」

堀井は無責任なことを言った。

「はい。堀井さん、じゃあ、また、なにかあれば」

「ああ。連絡するよ」

ドラゴンは、月村にも軽く会釈をし、いなくなった。

ラウンジのほうにもどると、夕湖はまだ食事をしていた。

「もしかして、おかわりした?」

「した。ここのパンがおいしいんだもの」

「凄いね」

クロワッサン三個は食べ過ぎではないのか。

「イベント、面白かった?」

「うん。落ちたけど、青い目の龍馬に会った」

「青い目の龍馬? うわぁ、見たかった」

「そのうち、テレビとかで見るかもね」

夕湖の朝食が終わり、やっぱりチェックアウトは十時過ぎになった。

この日は、銀閣寺からスタートし、哲学の道を歩き、南禅寺から平安神宮を見て、六時ごろの新幹線で東京に帰って来た。

4

翌日——。
九時半にさっそく『歴史ミステリーツアー』の堀井次郎から電話があり、編集部に行くことになった。

つい最近、親会社がほかの出版社に買い取られ、編集部は渋谷の高層ビルに引っ越していた。ここ数年、出版不況のためこういう合併がいくつかあって、月村が仕事をする編集部も三つほど動きがあった。

月村は、引っ越し祝いに、八丁堀（はっちょうぼり）の自宅近くにある菓子店で豆大福を二十個ほど買って、持参した。この菓子店は、ある有名女性誌の編集部が、しょっちゅう手土産にしているくらいおいしいのだ。

「凄い景色だな。逆に景気がいいみたいじゃないか」

月村は窓の景色を見て言った。

代々木（よよぎ）公園や明治神宮界隈がきれいに見えている。

「ほんとだよ。おれも錯覚しちゃってさ」

と、堀井ものん気なことを言った。

だが、『歴史ミステリーツアー』自体は、旅行業界とうまくコラボして、景気はけっして悪くないらしい。

編集部の隅の椅子（いす）に座ると、

「龍馬特集って、なにやるんだよ?」

月村はすぐに訊いた。

「うん。旅人龍馬ってくくりで、龍馬の足跡をたどるんだよ」

「ああ、なるほど」

「それで、月村には京都の市内のガイドを担当してもらう」

「お、いいね」

「ヤマト・ツーリストでも京都の一日龍馬コースは二十年近くずうっとやっていて、ドル箱らしい」

「そうなのか」

「ただ、新しく一泊二日コースをつくりたいとは言っていた」

「龍馬だけで一泊二日か」

　ちょっと突っ込んだ切り口が必要だろう。ましてや、参加するのはかなりコアな龍馬ファンのはずである。

「そのモデルになるようなガイド記事を書いてもらえたらとは言っていたが、詳しくは彼女と打ち合わせてくれ」

「うん」

「そっちは六ページな。それと、龍馬暗殺の謎もやるんだけど、月村には珍説を別々で書いて欲しいんだよ」

「珍説？」

「得意だろう？」

「なんでだよ。自分ではいつもまともな説を書いているつもりなんだぞ」

「だが、珍説という評価が圧倒的だろうが」

「それは世間の人たちが偏狭過ぎるからだろう」

「わかった。じゃあ、いつものまともな説を書いてくれ」

堀井は笑いながら言った。

「でも、龍馬暗殺に関しては、おれは定説を信じてるぞ。京都見廻組の犯行というのは、やっぱり動かないだろう。もっとも、京都見廻組が突入したときには、すでに何者かが暗殺に成功していたというのは、おれがよくやる手なんだけど」

「だよな。今回もやる？」

「どうかなあ。ま、いろいろ考えてみるけど、西郷隆盛関与説とかはオーソドックスなページのほうでやるんだろう？」

月村は訊いた。

「どうしよう？　西郷関与説は根強いよな？」

と、逆に堀井が訊き返した。

「龍馬は武闘派じゃなかったからな。武闘派の西郷は、結局、龍馬が邪魔になっただろうという見方だよな。また、西郷はけっこう陰謀家で、暗殺もやらせているからなあ」

「珍説とまでは言えないか」

「そっちのほうの原稿を先に仕上げてもらって、おれに見せてくれないか。そっちで触れていたら、おれのほうではなにも触れないよ」

「うん、わかった。でも、西郷関与説みたいなものじゃなく、いままで誰も言っていない説はつくれないか？」

「信憑性（しんぴょうせい）を無視したら、そりゃあなんだってできるだろうよ。あ、それをおれにやれって言うの？」

「いや、そこまで怪しげなことをやれとは」

「言ってるだろうが」

「だから、これが真説だみたいな言い方じゃなく、こういう説も考えられるというふうに逃げを打ってもいいからさ――

「何ページ書くんだ？」

「それは二ページでいい」

「二ページは、けっこう書きでがあるぞ。思いつきだけでは駄目で、史料の裏付けもかなり必要になるだろうし」

「大変なのはわかる。だから、楽な六ページをやったんだろうが。そっちは写真もまかせて、撮影費も上乗せするからさ」

「なるほど」

八ページ分のまとまった原稿料はありがたいし、また京都を旅行できるのは嬉しい。

「それと、ドラゴンからメールが入っていてな。お前にも教えておくよ」

「ああ、カレな」

「もう、マスコミに出たくてしょうがないんだろうな」

「タレント事務所には入ってないんだ？」

「まだだけど、東京に出て来たら、売り込みに回るつもりらしいよ」

「なるほど」

「なんなら、六ページのうちの一ページを、ドラゴンを使ってコラムみたいなインタビューページにしてくれてもかまわないぜ」

「うーん。でも、下手したらお笑いのページみたいになるぞ」

「そうか」

「それはそれで面白いかもしれないけど、川井さんは嫌がるんじゃないのか？」

「そうかもな」

「ま、考えておくよ」

と、これで打ち合わせは終了した。

気がつくと、当の川井綾乃からメールが入っていて、東銀座の〈ダルマ・サーガラ〉という南インドカレーの店で、ランチ兼打ち合わせをすることになった。

5

この四、五年のうち、銀座周辺は南インドカレーの店がブームになっていて、またおいしい店も多いのである。

歌舞伎座の近くにある〈ダルマ・サーガラ〉もその一つで、月村はよく一人でも食べに来る。ランチプレートを、高速道路の向こうに築地（つきじ）本願寺が見えるカウンターに座って食べていると、インドっぽい雰囲気も味わえるのだ。

ただ、今日は川井綾乃がいっしょなので、向かい合わせの別の席に座っている。

一泊二日のコースについては、明日からの取材で決定し、すぐに川井に連絡することにした。龍馬だけだとちょっと足りないかもしれないが、敵対した側の新選組の壬生寺なども入れれば、すぐに埋まってしまうだろう。

「コアなファンにも、えっ？　と言わせるポイントを一つ二つ探してみるよ」

と、月村は約束した。

「お願いします。ところで、最近、ちらっと思ったのですが、東京の龍馬コースってつくれないですかね？」

川井は、スープの辛さにちょっと噎せたあとでそう言った。

「東京で？」

「若いとき、いたんですよね？」

月村はちょっと考えて、

「ああ、できるかも」

と、言った。

「ほんとですか？」

「龍馬は二度、江戸に剣術修業に来ているんだ。そのときは、たぶんどちらも、築地の土佐藩中屋敷に滞在してる」

「いまの中央区の区役所があるところですよね」

「そう。それでそこから北辰一刀流の道場に通うんだけど、龍馬が通ったのはお玉が池のほうじゃなく、日本橋新材木町、いまの日本橋堀留町の千葉定吉道場のほうだった」

「堀留町ですね」

と、川井綾乃はメモをした。

「その道場は途中で、京橋桶町、いまの東京駅八重洲口の近くに引っ越ししている。龍馬はこっちにも通った」

「八重洲口の近く？　そうなんだ」

「京橋のほうに行ったところにプレートがあるよ」

「シンゴジラが固まったあたりですか？」

「あ、そうそう。あれの尻尾あたりかも」

「いいじゃないですか」

川井綾乃は喜んで言った。

「それと、龍馬が最初に江戸に来ていたとき、ちょうどペリーがやって来て、土佐藩士も招集され、龍馬は品川の土佐藩邸に入るんだよ」

「品川ですか」

「いま、そのあたりの立会川（たちあいがわ）に龍馬の銅像ができてるよ」

「いいですねえ」

「それから脱藩後に出て来たときは、赤坂の勝海舟（かつかいしゅう）のところに行って、そのまま弟子になって住み込んでいるからね」

「その場所は？」

「うん。特定できてるよ。ビルの下に石碑もある。それから、勝がその近所に引っ越したところには、勝と龍馬の銅像もあるよ。もっとも、そっちの屋敷に勝が移ったときは、龍馬はすでに死んでいるんだけどね」

「でも、銅像があるならゆかりの地にはなりますね」

「東京にも二体、龍馬の銅像があるのは意外かもね。あとはないかなあ。あ、そうだ。龍馬は二度目の江戸滞在のとき、佐久間象山（さくましょうざん）の砲術塾にも通っているんだ。これはいまの銀座五丁目で、プレートがあったかどうか、忘れちゃった」

「はい。確認してみますね」

「あとは、無理やりっぽいけど、龍馬の好きな軍鶏鍋（しゃもなべ）で、人形町の〈玉ひで〉を入れるとかは？」

「なるほど。そうですね、意外といけちゃいますね」

川井綾乃は満足げにノートを閉じた。

6

「でも、百六十数年前に、この界隈を若き龍馬が歩いていたと思うと、なんか嬉しいですよね」

川井綾乃は、外を指差すようにして言った。

たしかに、このカレー屋から土佐藩中屋敷跡はすぐ近所だし、佐久間象山の砲術塾も近い。この前の道も、龍馬は間違いなく通っている。

「そうだね。でも、意地悪を言うつもりはないんだけど、もしも現代の人が本物の龍馬を見たら、たぶんもの凄く違和感を覚えると思うよ」

月村は、ちょっと申し訳ない顔をして言った。

「え？　どういう意味です？」

「たとえば、龍馬というと土佐弁で話すのが決まりみたいになってるよね」

「そうでしょう。ドラマも小説も、皆、土佐弁ですよ」

「でも、龍馬は若いときに二度も、江戸で剣術修業をしているよね。現代の若者もそうだけど、田舎から来た若者が、どこに行っても、あるいは誰が相手でも、方言を使ったりするかな？」

「ほんとだ」

「できるだけ田舎臭さを抜こうとして、いわゆる標準語で話そうとするのがふつうだよね。龍馬のころは標準語というのはなかったにせよ、周囲に合わせた江戸言葉を話そうとしたんじゃないかなあ」

「たしかに」

「ましてや、幕末の京都などはいろんな国の言葉が乱れ飛ぶよね。であれば、勤皇の志士たちも自然と互いにわかりやすい江戸言葉あたりを話そうとしていたのではないかなあ」

「それ、説得力あります」

「それと、龍馬というとブーツを履いているよね」

「それはそうですよ。だって、ブーツを履いた写真も残っているじゃないですか」

「でも、龍馬がどこでブーツを買ったとか、つくったとかいう記録は、見つかってないんだよ」

「へえ」

「それに、あの写真は長崎の上野彦馬(うえのひこま)写真館で撮られたものなんだけど、ブーツは撮影の小道具として置いてあったものではないかという説もあるんだよ」

「小道具？　そぉんなあ」

「それでね。これはいちばん言いたくないんだけど、ドラマや映画の坂本龍馬の役は、皆、その時代にもっとも人気があるイケメンがやるよね」

「ええ。福山雅治(ふくやままさはる)の龍馬は、わりとイメージに近かったです。それと、昔の映画で『竜馬暗殺』っていうのを見たけど、あの主役をやっていた……ええと、原田(はらだ)芳雄(よしお)さんていう俳優も、男っぽくてよかったです。皆、土佐弁でしたけどね」

「でも、龍馬の外見については、妻のお龍(りょう)が後に証言してるんだ。写真を写したみたいなイラストを見て、頬(ほお)はもっと痩(や)せ、目は少し角が立っていたと。眉(まゆ)の上に大きなイボがあり、ほかにも黒子(ほくろ)がぽつぽつとあって、写真がきれいに撮れないと。また、お龍の知り合いの女性も、龍馬はふだん汚い感じで、顔つきも恐ろしかったと語っている。こういう話からしても、イケメンとは言えないよね」

「えー、それじゃあ、写真よりもっとひどい?」

「そりゃあ、当時の写真は一生懸命、写りがよくなるよう工夫しただろうし」

「ちょっと斜めを向いたアングルも……」

「たぶん、いちばん写りのいいアングルだったんだろうね」

「うーん」

川井綾乃は泣きそうな顔になった。

「それともう一つ、龍馬ってあまり勉強家とか努力家というイメージはないよね?」

「そうですね。どっちかというと天才肌。司馬(しば)先生の『竜馬がゆく』でも、学問はしないが耳学問は豊富だったみたいなことが書いてありましたよ」

「そうだったね。でも、龍馬は蒸気船の運航術を学んで船将、いまで言う船長になっているんだ」

「はい、カッコいいですよね」

「あの当時、蒸気船を操縦するためには、いろんなことを学ばなければならなかったんだ。蒸気機関の構造や、船そのものの構造はもちろん、星の位置から現在地を割り出すための天文学や測量術、海図の読み方、さらには大砲がつきものだったからそっちの勉強もしなくちゃならない。龍馬はそういうのも一年半くらいですべて身につけたから、勝海舟が神戸海軍操練所をつくったとき、海軍塾の塾頭にまでなれたんだ」

「塾頭だったんですね」

「そうだよ。蒸気機関の構造や、天文学なんか、とてもじゃないけど耳学問で学べることじゃない。おそらく蘭書の原文も見ただろうし、難しい翻訳書もずいぶん読み込んだはずなんだよね」

「じゃあ、凄い努力家だし、勉強家だったんじゃないですか」

「そうだよ」

「へえ。土佐弁はしゃべらず、ブーツも履いておらず、見た目はあんまりよくなくて、すごい勉強家……それって、ほんとに龍馬ですか？」

「ね。まるでイメージが違ってくるだろう？」

昨日、京都で見たコンテストも、どちらも俳優にしたいくらいのイケメンだし、お洒落だった。あれもやはり、ずいぶん見た目のほうを美化された龍馬に近い若者で、本物の龍馬はさぞかし苦笑しているに違いない。

「ちょっとがっかりですよ」

川井綾乃は正直な感想を言った。

「でも、そんなんでがっかりするようじゃ、もともと龍馬の素晴らしさをわかってなかったんだよ」

龍馬が素晴らしい行動力の持ち主で、柔軟な視点で日本の将来を模索したことは、これはもう疑いようのない真実だろう。

さらに、ドラマそのものの劇的な人生だったこともたしかである。

龍馬の魅力は、そういうところにあるので、つくられた見せかけのイメージにあるのではない。

「ああ、そうかもしれませんね。わかりました。これをきっかけに、真の龍馬像を勉強します」

「うん。それがいいね」

「とりあえず、京都のコースはお願いしますね」

これで打ち合わせと雑談は終了した。

八丁堀の自宅にもどり、明日からの京都取材の準備をしながら、ちらりとスマホのニュースを見ると、

「えっ」

月村は思わず目を瞠った。

そこには、こんな見出しがあった。

「現代の坂本龍馬が暗殺される」

第二章　龍馬の裏の顔

1

この日の朝——。

上田夕湖は捜査一課の同僚である大滝豪介(おおたきごうすけ)とともに築地の寿司(すし)屋の近所に張り込んでいた。まだ京都帰りの疲れが残っていたが、警視庁に出勤するやいなや、大滝とともに築地に向かうよう、命じられたのだ。

目的は殺人犯の検挙である。

都下日の出町で起きた殺人事件の犯人が、事件からひと月後の今日、かつての先輩を頼って、築地の寿司屋に現われたと、通報があった。大滝と夕湖は、この捜査にも関わっていたため、急遽、出動したというわけである。

凶悪犯の逮捕というので、大滝も夕湖も、拳銃と手錠を携行した。滅多にないことだから、夕湖も緊張している。

現場に行くと、すでに遠巻きにロープが張られ、一般の通行も制限されている。機動隊はいない。私服の刑事だけだが、人数は不足していない。なにせここは、築地警察署から二、三十メートルくらいしか離れていないため、署にいた刑事がぞくぞくと応援に来たのだろう。

「警視庁です。どうなりました？」

大滝が、現場を指揮しているらしい私服の刑事に訊いた。

「いま、寿司屋の主人が説得しているみたいです。長引くようなら、強行突入するつもりですが」

「寿司屋の家族は？」

「家族はすでに外に逃げて、いまは主人だけです」

「なるほど」

「まもなく決着しますよ」

「裏はどうなってます？」

大滝が訊いた。

「裏は出口がないそうです」

「ちょっと見ておきます」

大滝は夕湖に行くぞと顎(あご)で合図をし、裏手に回った。

裏は狭い路地になっている。制服警官が一人、立っているだけだった。

「なるほど出口はないか」

と大滝は言った。

「でも、ほら」

夕湖は二階を指差した。窓があり、そこから隣の屋根に移れるのではないか。

そのとき、いきなり窓が開き、刺身包丁を持った男が飛び出して来た。一度、
隣の屋根にのり、そこから下に飛んだ。

「あっ」

ちょうど下にいた警官は、上から刺身包丁を構えた男が飛び降りて来たので、
逃げ腰になった。

犯人は警官に向かって、包丁を突き出した。

「なんだ、てめえ」

と、甲高い声で喚(わめ)いている。

「おい、おれが相手だ」

大滝が咄嗟に前に出た。

両手を横に伸ばし、素手だと示している。

「駄目だって、大滝くん」

夕湖は、拳銃を取り出し、構えた。撃とうかどうか迷った。だが、なかなか撃てるものではない。

「うぉーっ」

犯人がこっちに突進して来た。足元はおぼつかないが、包丁を振り回している。

「上田。まかせろ」

大滝はすばやく上着を脱ぎ、これに斬りかからせるようにして、すばやく犯人の手首を取り、さっと身を寄せると、腰で払った。

「うわっ」

と、思わず声を上げたのは夕湖だった。

犯人は高々と、三メートルは上に飛んだように見えた。

背中から地面に激突。

「むふっ」

という声は発したが、そのまま動かない。

大滝は落ちた包丁を足で蹴り、横たわっている犯人に手錠をかけ、

「犯人、検挙しました！」

と、大声で怒鳴った。

「あっちだ、あっち」

などという声がして、築地署の刑事が駆けて来た。

そのとき、夕湖は電話が鳴っているのに気づいた。

「もしもし」

「上田か」

先輩の吉行巡査部長だった。

「はい」

「大滝が電話に出やがらねえ」

「取り込み中です」

「いま、築地だな」

「はい」

「銀座八丁目で殺しだ」

「銀座八丁目で？」

見ると、ここを取り囲んでいたはずの刑事がずいぶん少なくなっている。パトカーが来て、刑事を乗せて行く。殺しの現場に向かうらしい。

「おれも向かっている。すぐ向かってくれ」

「わかりました」

夕湖は、あとは大滝にまかせて、銀座のほうへと駆け出した。

走りながら時計を見ると、午前十時になっていた。

2

夕湖が現場に走って到着したのと、吉行が覆面パトカーで到着したのは、ほぼ同時だった。

「大滝は？」

「あとで来ると思います。大滝くんが手錠をかけたので、すぐには抜けられなくて」

「だから電話にも出られなかったのか」

「おっつけ来ると思います」

「よし、まずは現場だ」

昭和通りに面したホテルである。

地下や一階にレストランやショップが入っていて、フロントがあるところとも
ドアはあるが出入りができる。

――こういうところは、防犯ビデオのチェックが面倒なんだよね。

と、夕湖は思った。

外には、テレビ局のクルーが大勢、待機していた。

ホテルのスタッフに警察手帳を見せ、エレベーターで四階に上がった。

「そちらの４１７号室です」

スタッフが硬い顔で言い、エレベーターの前で別れた。

部屋の前には、制服警官が二名、立っている。

「警視庁です」

「いま、鑑識が入ってますので、少々、お待ちください」

ドアが開いているので、吉行と夕湖はつい、なかを見てしまった。

――うわぁ。

夕湖は思わず顔をしかめた。

手前の通路の左側が、バスルームだろう。

奥のベッドルームは、ここから見ただけでも血の海になっているのがわかる。

壁にも血しぶきが飛んでいた。

フラッシュが何度も光るのは、鑑識が撮影しているのだ。別の鑑識課員が動画も撮っている。

なかから年配の刑事が出て来て、

「お疲れさまです。築地署の高倉です。もうちょっとお待ちください」

と、言った。

「二人と聞きましたけど？」

「二人、襲撃されましたが、死んだのは一人で、もう一人は病院に向かいました。肩や背中、腹などに六、七カ所、切り傷、刺し傷がありました。だいぶ血も出ていて、助かるかどうかはわかりません」

「身元は？」

「わかってます。なんでも、昨日、京都で〈現代の坂本龍馬コンテスト〉というイベントがおこなわれて、その入賞者二人が襲われたみたいです」

この説明に夕湖は、

「え？　現代の坂本龍馬？」

と、口にした。

「どうかしたのか？」

吉行が訊いた。

「昨日、京都にいたんですが、そこでコンテストをやっていたのを見ました」

「ほう。そりゃあ、好都合だ」

「そうですか、あの男の子が……」

たしか名前は剣ヶ崎明日といったはずである。

身長は一八五センチもあり、ハーフっぽい顔立ちのイケメンだった。

「よく間違えられますが、ハーフでもクォーターでもありません」

と、壇上で語っていた。

審査員の一人が、

「近ごろは日本的なすっきりしたイケメンが主流ですが、グローバルな龍馬はハーフっぽい顔のほうが合うと思います」

などと言ったのも覚えている。

なかで掃除機の音もしている。塵などを採取しているのだ。

また、犯人の血も混じっているかもしれないので、血液も採取している。

科学捜査が基本なので、鑑識にはかなり時間がかかる。

「たしか優勝者は空手の有段者でしたよ」

と、夕湖は言った。

「そうみたいですね。でも、襲撃したのは複数だし、刃物もありましたからね」

幕末の龍馬も北辰一刀流免許皆伝の腕だったのに、刺客に斬られて死んでしまった。なまじ武芸ができるのはよくないのかもしれない。

夕湖のカレシの月村は、弓と槍の達人らしい。変に自信があるとかえって危ないと、今度、忠告しておかなくちゃと思った。

三十分ほどしてようやく、

「どうぞ、ご覧になってください」

と、声がかかった。

「わかりました。おい、上田」

吉行は、夕湖を促し、なかに入った。

夕湖は部屋の奥に入った途端、思わず吐き気がこみ上げた。

「うっ」

血の臭（にお）いが凄（すさ）まじい。

おそらく血を流しながら暴れたのだろう。血をぶちまけたというありさまである。

仰向けの遺体があった。

ホテルに備え付けのものらしい部屋着姿である。薄い生地だから、血をほとんど吸い取らずに、部屋中に流してしまったのだろう。

「もう一人の現代の中岡慎太郎に選ばれた六堂禅一郎も重傷で、虎（とら）の門（もん）病院に搬送しました。署員が二名、付き添ってますので、おっつけ連絡は来ると思います」

二人分の血の海なのだ。

「もういい、上田」

吉行に言われて外に出た。

じっくり見るどころではない。吐くのを我慢するのが精一杯だった。

3

とりあえず部屋の外に出ていると、隣の部屋のドアが開き、刑事らしい男が出て来て、

「課長。第一発見者が泣いてばかりで、ちっとも話が聞けないんですよ」

と、なかにいたさっきの高倉という刑事に言い、さらに、

「女性の刑事に訊いてもらったほうがいいかもしれませんね」

夕湖を見て言った。

「いいですよ」

夕湖はうなずいた。

「じゃあ、お願いします」

高倉が言ったので、夕湖は引き受けることにした。

「隣に入れたんですか？」

「ええ。泊まっていた客が九時にチェックアウトしていたので、使わせてもらっているんです」

「第一発見者は、スタッフですか？」

「いや。テレビ局のアシスタント・ディレクターで、女の子です。スタジオに来るのが遅いので、呼びに来て見つけたそうです」

「わかりました」

夕湖は、吉行とともになかに入った。

ソファに座って泣きじゃくっているＡＤの女の子に、

「とんだ目に遭ったね」

と、夕湖は話しかけた。

ＡＤは、夕湖を見ると、安心したようにうなずき、

「ほんとですよ」

と、言った。

テレビ局のＡＤというと、男まさりの子が多いようなイメージがあるが、この子は違うらしい。

「わたしもいま見て、気分が悪くなった。刑事だってそうなんだから、無理もないよ」

「いくらニュースショーのＡＤだからって、あんなものを見なくちゃならないな

んて。だいたいあたしはアニメ志望だったんですから」

「そうなんだ？」

「でも、アニメ会社に入れなくて、それでこっちに来たらこれですからね」

「呼びに来たんだって？」

「はい。朝十時のニュースショーに出るのに、八時半にスタジオに来ることになっていたのですが、二人とも来ていないので、呼びに来たらこのありさまです」

「昨日もいっしょだったの？」

「殺された子とですか？」

「そう」

「ええと、一昨日からいっしょでした」

夕湖は、手帳を取り出し、メモを取り始めた。

後ろでは吉行も聞いてくれているので、メモはかんたんでいい。

「昨日の京都のイベントは、わたしもたまたま見てたのよ」

「そうだったんですか」

「何時にこっちに来たの？」

「京都からは夕方、東京に来て、それから銀座で食事をし、ここには九時に入ってもらいました」

「このホテルにすることは、前から決まっていたの？」

「ええと、前からシングル一室をおさえていたのですが、一昨日、急遽、二人選ぶということになって、部屋を替えました」

「ツインルームだよね？」

「ええ。シングル二つが取れなかったので、ツインに二人で泊まってもらうことにしたんです」

「まさか、二人はできてたとか？」

吉行が後ろから、けっこう大胆なことを訊いた。

「え？　いや、そういうことはなかったと思います」

ＡＤは、ようやく笑顔を見せた。

「そのあいだ、なにか変わったことはなかった？」

「さあ、とくには」

「二人が怯（おび）えているとか、不安そうだったとか？」

「まったくなかったです」

「誰かが二人に接近していたとか？」

「いいえ。ずっとわたしたちがいっしょでしたから」

「昨日の晩ご飯は？」

「この近くの天ぷら屋さんで食べました」

「あなたと三人で？」

「いえいえ、うちのスタッフや主催者側の人など、ぜんぶで十四、五人はいましたよ」

「今日は二人だけで、ここからNテレビに入ることになっていたの？」

「はい。すぐ近くですし、道も昨夜、教えておきましたので、歩いても来られるだろうと心配はしてませんでした」

「じゃあ、とりあえず犯人について、思い当たることはまったくないのね？」

「はい。ないですよ」

ＡＤのスマホが鳴った。

「局からですけど、電話には出ないでくれって、刑事さんから言われてるんですよ。警察発表以外のことをわたしがしゃべっちゃうとまずいからですかね」

「そうね。まだ秘密にして欲しいから」

「でも、上司にあとで文句言われますよ」

最後に、このＡＤの名前を訊いて、とりあえず一回目の質問は終了した。

夕湖は吉行に、

「捜査本部は立ち上がったんですか？」

と、訊いた。

「いま、準備中だろう。それより、大滝は遅いな？」

「そういえばそうですね」

もしかしたら、お手柄だというので、マスコミに捕まっているのかもしれない。

4

と、そこへ、若い刑事が制止するのも聞かず、一人の男がエレベーターを降り、こっちに歩いて来た。

「わたしには責任があるんですよ。会わないわけにはいかないでしょうが」

と、男は怒鳴った。六十歳くらいか。肥ってはいないが、口振りや物腰はいかにも貫禄がある。

「なんです、あなたは？」

高倉が前に立った。

「〈現代の坂本龍馬コンテスト〉の主催者の一人ですよ。わたしが企画したイベントなんですから」

「いまはまだ鑑識が調べている最中ですので、どうしても見たいなら、あとで見せますが、いまはそちらの部屋に入っていてください」

ぴしゃりと言われて、男はおとなしくＡＤの女の子がいる部屋に入った。

若い刑事もいっしょである。

「彼からも、ざっと話を聞いといてくれ」

高倉が若い刑事に言い、夕湖たちも同席することになった。

「すみません。名刺はお持ちですか？」

吉行が言い、名刺をもらった。男は夕湖や若い刑事にも差し出した。

京都輸出産業振興会会長
平安産業社長
大文字学園園長

という三つの肩書があり、高瀬正之（たかせまさゆき）という名が入っている。

「高瀬さんが、企画されたのですね？」

と、若い刑事が訊いた。

「そうです。それで各方面に働きかけ、Nテレビがキャスターに使うと言ってくれて、これはやれると思いましたよ」

「殺された剣ヶ崎くんとは、初めて会ったのですか？」

「もちろんです。でも、書類選考の最初のときから、この子は来ると思っていました」

「じっさい会ったのは？」

「一昨日です。ベスト15の選考会で会い、それで昨日のベスト5の最終選考です」

「高瀬さんは推してましたよね？」

と、夕湖がわきから訊いた。

「ええ」

「昨日、見てました。高瀬さんが、剣ヶ崎くんしかいないとおっしゃってたのも見てましたよ。偶然でしたが」

「そうでしたか」

「どこが良かったですか？」

夕湖はさらに訊いた。

「国際性と弁舌の爽やかさですよ」

「国際性？」

「ええ。若いうちに世界一周を経験し、アメリカと中国に留学している。そして、あの、いかにも快活そうな語り口。まさに現代の龍馬だと思いました」

「ははあ」

「ルックスもいいでしょう。そう思いませんでした？」

「イケメンでしたね」

夕湖は、むしろ良すぎると思ったくらいだった。

「でも、もしかしたら恨みを買っていたかもしれませんよ」

と、吉行が言った。

「誰にです？」

「それはわかりませんが、ひどい殺され方でしたから」

「だったら、恨みというより嫉妬じゃないですか」

高瀬は立ち上がり、窓のほうに行って、閉まっていたカーテンを開け、外を眺めているらしかった。

だが、こっちからの景色は昭和通りが見えるだけで、いい景色とは言えないはずである。

かなりの衝撃を受けているらしい。

高瀬は大きなため息をついたあと、

「まったく、あんないい若者がなぜ殺されなければならなかったのか」

と、言った。

その言葉を聞いて、

——いいやつだから殺されないとは限らないよね。

と、夕湖は思った。

夕湖は坂本龍馬のファンである。月村と付き合っているわりには、歴史にはまるで詳しくないが、坂本龍馬だけは好きな歴史上の人物である。

司馬遼太郎（りょうたろう）の『竜馬がゆく』も読んだし、大河ドラマも見た。

どっちも、最後の場面では胸が締め付けられ、

——なぜ、こんないい人を殺さなくちゃならないの。

と、犯人に対して激しい憤りを覚えたものである。

だから、現代の龍馬がいい人間でも殺されたことは、そういう意味で不思議ではない。

すると、夕湖のわきで、築地署の若い刑事が、

「いい若者かどうかはわからないなあ」

と、言った。

「え？」

夕湖と目が合った。

「あ、ぼく、築地署の木村(きむら)です」

刑事らしくない。夕湖も他人のことは言えないが、けっこう小柄である。

「警視庁の上田です」

「いま、主催者はあんなふうに言いましたが、異論が出ているのですよ」

「異論？」

「ほら、これを見てください。募集のホームページに、決定した直後から、ひどい悪口が書き込まれています」

「どんな？」

「ほら、これ」

と、スマホの画面を見せた。

〈なんであんなのが龍馬なんだ？〉

〈サイテーの選考だ〉

〈剣ヶ崎の口のうまさにマスコミも騙された〉

〈本物の龍馬は泣いているぞ〉

などという文句が並んでいる。

炎上というほどではないが、選考に相当な不満があるらしい。

夕湖は呆れて言った。

「ははあ。悪口の羅列ですね」

5

現場に来ていた築地署の高倉捜査一課長が、周囲にいる警察関係者に、

「捜査会議は夜八時から築地署でおこなう」

と、告げた。

さらに、てきぱきと初動捜査の分担を指示した。

築地署の面々がホテルスタッフと泊まり客の聞き込みと、ホテルとこの界隈の防犯ビデオのチェックを担当することになった。土地鑑のある管轄署がやるのが適している。

「警視庁組は、殺された剣ヶ崎明日の周辺を当たっておいてください」

吉行と夕湖を見て言った。

先ほど、木村が簡単な報告をしていたので、急いで調べるべきだと思ったのだろう。

「東京ですか？」

吉行が訊いた。

「これがコンテストに応募してきた履歴書です。現住所は市ヶ谷のマンションで、J大の英米文学部の学生です」

と、課長からコピーを渡された。

「わかりました」

吉行と夕湖は、それを持って、まずは大学に向かうことになった。

タクシーに飛び乗ってすぐ、

「大滝は、なにやってんだよ」

と、吉行が言った。

「ちょっと待ってください」

スマホを見ても、ラインもなにも入っていない。

「まさか、捕まえたのが人違いだったとか」

と、夕湖は言った。

「そんな馬鹿な」

「でも、大滝くんて、想像を絶する失敗をしそうじゃないですか」

だから、柔道の金メダル候補だったのに、よそ見して、一回戦で負けたりするのだ。

「いくらなんでもな」

とりあえずいまは、殺された男を調べないといけない。

「吉行さん。この剣ヶ崎明日は、ホテル研究会ってところに所属してますね」

「ラブホの研究でもしてるのかよ」

「それはわかりませんが、サークルで訊いたほうが、当人のことはよくわかるでしょう」

「だろうな。だが、まずは学生課を通さないとな」

大学に着いて、学生課で調べの許可をもらい、まずはホテル研究会の部室に向かった。学生課のスタッフが、そのあいだに剣ヶ崎明日の授業の出席状況や試験の成績などのデータを出し、届けてくれるという。

部室に行くと、すでにニュースが伝わっていたらしく、大勢の部員が集まって、呆然(ぼうぜん)としているようすだった。

「警察だけど」

と、吉行が警察手帳を見せると、

「わたしが部長の吉田(よしだ)で、こちらが副部長の」

「奈良井(ならい)です」

二人が前に出て来た。部長が女子、副部長が男子。応対はまるで企業の広報みたいである。

「殺されたのは知ってるね?」

吉行が訊いた。

「はい。驚きました―」

部長が答えた。

「たぶんナイフだと思うんだけど、かなりの切り傷、刺し傷があってね。もしかしたら、恨みによる犯行かもしれないんだ」

「そうですか。じつはいまも話していたんですが、剣ヶ崎くんはけっこう恨みを買っていたかもしれません」

「ほう、どうして？」

「あんなふうにイケメンですし、話もうまいので、女の子にはモテるんです。それで、泣いた子はいっぱいいるだろうと」

部長がそう言うと、わきから副部長が、

「たぶん世界中にいますよ」

と、言った。

「世界中に？」

「何度か海外留学をしているんですが、よく自慢してました。世界各国の女の子について。ちょっと聞くに堪(た)えないような話も」

「聞くに堪えない？」

「ええ。ぼくからしたら、それって人種差別なんじゃないかという口調でした」

「なるほど」

もし、あのホテルで外国人の怪しい人物も浮かび上がったら、その線も追わなければならないか——と、夕湖は吉行の後ろでメモを取りながら思った。

「アメリカと中国に留学していたらしいね？」

「あ、やっぱりそう言ってましたか」

と、部長が言った。

「え、嘘（うそ）なの？」

「ハーバード留学とはよく言ってたんですが、市民ゼミみたいなものに三カ月、参加していただけみたいですよ」

「なるほど」

「あいつ、けっこう大げさなんですよ」

と、副部長が言った。

「大げさ？」

「中国語も話せるとか、よく言っていたんですが、簡単な日常会話程度で、ビジネスはもちろん、取材などはとても無理だと思うんですよ」

「そうなのか」

「ニュースショーで、リポーターもすることになっていたんでしょう？　あいつ、どうするつもりだったんですかね」

「そうだな」

吉行もつられたようにうなずいた。

ほかの部員にも話を聞いたが、やはり同様の評判である。

ただ、学生課のスタッフが持って来てくれたデータだと、二年のときと三年のとき、それぞれ一年ずつ休学して、アメリカと中国に留学していたことになっていた。大学はそれぞれ、ハーバード大学と北京大学だった。

6

築地警察署で八時から捜査会議が始まった。

銀座から、かつては堀だった高速道路に架かる橋を築地側に渡ったところに、築地警察署がある。よくテレビドラマで銀座警察署などというのが出て来るが、銀座警察署というのはじっさいにはない。銀座を管轄するのは、この築地警察署で、月村が住む八丁堀はここからすぐのところだが、管轄は日本橋警察署になる。

五階にある大きな部屋の前に、〈現代の坂本龍馬殺人事件捜査本部〉の看板が掲げられた。

「まったく、今朝、殺人犯の逮捕があったばかりなのに」

と、愚痴っぽい声もしている。

正面に、捜査本部長となる築地警察署の署長が座り、その横に現場を指揮する築地署の高倉捜査一課長と、警視庁の童門係長が座った。

とりあえずこれまでに揃った事実を持って、捜査員が次々に集まって来る。

吉行と夕湖が入ると、なんといちばん後ろに、大滝がむすっとした顔で座っているではないか。

吉行と夕湖は隣に座り、

「お前、なに、してたんだ？」

と、吉行が咎めるように訊いた。

「いままでマスコミに責められていたんですよ」

「責められる？」

「過剰防衛だったんじゃないかだと」

「過剰防衛？　刺身包丁を振り回してたのに？」

思わず夕湖が言った。

もし、あそこで夕湖が拳銃を撃っていたら、大騒ぎになっていただろう。

「ほら、投げ飛ばしただろ。犯人は、後頭部と背骨を折って、病院行き」

「そうなの」

「柔道の技を使ったのかとか、さんざん言われたよ」

なにせ、かつてオリンピックの金メダル候補と騒がれた男である。

大滝の柔道の技は、凶器と見られてしまうのかもしれない。

「それで、おれが責められてることを聞いて、外に逃げていた寿司屋のおかみさんがたまたま撮影していたスマホの映像を見せ、ようやく過剰防衛の疑いは消えたんだよ」

「よかったじゃない」

「ほんと、マスコミの連中はおかしいよな」

大滝は、記者の二、三人も投げ飛ばしたいところだろう。

「じゃあ、明日からはお前もこっちだぞ」

と、吉行が言った。

「では、捜査会議を始めます」

さすがに築地署は電子機器の利用が進んでいる。

一人一台ずつノートパソコンを持ち、今日の課題もすでに画面上に提示されている。

「まずは、鑑識から」

鑑識課員が、

「死亡時刻は、午前三時から四時。死因は、出血死です。傷は上半身に三十二カ所。特別深い致命傷というのはなかったですが、頭部の傷の出血がひどく、体力を失っていったと思います。

そのほか、打撲の跡も八カ所。これは、バットよりは小さい、こん棒のようなもので殴られたと思われます。

徐々に体力が失われる前に、被害者は相当、複数の相手と戦った跡もあります。拳(こぶし)の骨折はそのためでしょう」

説明と同時に、遺体の写真も画面に表示されていく。傷や、骨折も、それぞれ出てくるので、非常にわかりやすい。

「室内に遺留品はありません。血液も、いまのところ、被害者二人以外の血液は見つかっていません。髪の毛、その他については、現在、ＤＮＡ鑑定などを進めています」

もう一人、別の鑑識課員が、

「それと、虎の門病院に運ばれた六堂禅一郎ですが、まだ治療中なので、写真は撮れていません。ただ、医者によると、上半身に切り傷が五カ所、打撲が二カ所、そのうち首の切り傷でかなりの出血があったようです。

助かるかどうかについては、まだ、なんとも言えないそうです。

それと、家は京都で、夕方には家族も駆けつけて来て、テレビ局がホテルなども手配しました」

遠くからだが、病室のようすの写真も画面に現われた。

「真似（まね）したのかな？」

と、築地署の署長が言った。

「真似ですか？」

「幕末の龍馬暗殺だよ」

荒唐無稽（こうとうむけい）な話だが、じっさい誰もがそう思ったはずである。

「それはまだなんとも」

と、発表した鑑識課員は首をかしげた。

次に、築地署の刑事が立ち上がって、

「では、ホテルの聞き込みと防犯ビデオのチェックについて報告します」

と、報告を始めた。

「ホテルのスタッフ及び宿泊客では、まだ犯人らしき者を見たという話は出て来ていません。このホテルは、一階と地階はレストランやショップが多いため、人の出入りも多く、またエレベーターが多いため、客同士がまともに顔を合わせることは少ないみたいです。そのため、他人を観察できる機会は多くないようでした。

防犯ビデオは、おもに一階のフロント周辺、地階、地下三階の駐車場、それとエレベーターに設置され、各階の廊下には数台ずつ設置してありますが、廊下が複雑に曲がっていたりするので、死角になる部分もかなりあります。殺害があった417号室の前の廊下もちょうど死角になっていました」

それぞれの防犯ビデオの動画が、連続して画面に流れた。

「ただし、怪しいやつの姿も映っています。これが、非常階段の出入り口が見える地階の防犯ビデオですが、ご覧ください」

画面には、野球帽にサングラス、黒のシャツに黒の上着、ジーンズの男が、急いで出口のほうへ向かうようすが映っていた。一人ではない。何人かずつ出て行っているが、六人だった。

「これだと六人ですが、これはホテルではなく、隣のコンビニの防犯ビデオに、ほら、こいつ」

画面が止まった。やはり、野球帽にサングラス、黒ずくめの男が横切って行くところだった。

「まだ、断定はできませんが、どうも襲撃したのは七人ではないかと思われます」

次に、吉行が立ち上がり、さっき聞いて来た剣ヶ崎明日の評判を報告し、大学からもらったデータも提出した。

報告はすぐに文章化され、提出したデータもそのまま画面に現れた。

「それと、木村のほうから興味深い指摘が出ている」

木村が立ち上がり、例のホームページに寄せられた投稿について発表があった。これも画面にそのまま流れた。

「これで見ると、個人的な怨恨以外に、あのコンテストに対する怒りなども事件の原因になっている可能性もあると思います」

木村はそう言って座った。

つづいて、明日の捜査方針と担当が決められた。

警視庁組は、引きつづき剣ヶ崎明日の周辺を洗う調べを担当することになった。

7

一方、月村弘平は――。

午後二時くらいにスマホで「現代の龍馬暗殺」のニュースを見るとすぐ、『歴史ミステリーツアー』の堀井次郎に電話をした。

「おい、ニュース見たか?」

「ああ。それで編集長とも相談したところだった」

「あんな事件が起きちゃったら、特集もやれないよな?」

と、月村は言った。

「いや、やる」

堀井はきっぱりと言った。

「やるの?」

これには驚いた。不謹慎だと顰蹙(ひんしゅく)を買うのではないか。

「逆にタイムリーだろうよ」

「タイムリーって言うか？」

「もちろんうちでは、現代の事件には触れないさ。でも、幕末の龍馬暗殺をリアルなものと感じてくれるきっかけになるんだから、歴史雑誌の編集部としたら、やらないほうが臆病過ぎるということになったんだ」

「なるほどな」

　現代の殺人が、『歴史ミステリーツアー』の記事がきっかけになったわけでもなんでもない。であれば、変な遠慮は無用だろう。

「それに、川井さんのところにも確認したら、やってくれと言うしな」

「ああ、そうなの」

　幸い、龍馬のツアーで訪れる場所も、今度の事件とは関係がない。

「むしろ、頑張って、いい記事を書いてくれ」

　と、堀井は電話を切った。

　するとすぐ、川井綾乃からも連絡が来た。

「ニュース、見ました？」

「見ました。堀井にも連絡しました」

「堀井さん、あのコンテストの取材に行ってたそうですね」

「そうなんですよ」

「月村さんともお会いしたって」

なんとなく、言葉に妙な感情が加わった気がした。

「ええ。ぼくはプライベートだったんですが」

別に、夕湖との仲を誰に隠そうという気もない。

「それで、堀井さんからもお聞きでしょうが、気にしないで取材をつづけてください」

「わかりました」

「ホテルは、一昨日のところを、ヤマト・ツーリストということで使ってもらってかまいませんので」

「助かります」

ヤマト・ツーリストは、あのホテルの株主でもあり、ツアーの客も送り込んでいるのだ。

「前乗りしてくださっていいですよ」

と、川井は言った。

前乗りというのは業界用語で、一日早く現地に入ることである。そうしたほうが、翌日を目いっぱい使えるので、便利なことは便利である。

「じゃあ、そうさせてもらいます」

月村は電話を切り、さっそく取材の準備を始めた。

八丁堀の自宅から東京駅までは、歩いても十分ほどである。

ホテルに予約をし、六時の新幹線に乗った。

新幹線では、いちおう龍馬暗殺に関するところを復習した。

龍馬が暗殺された当時は、多くの者が新選組のしわざだろうと疑った。

また、龍馬がいろは丸の沈没のことで揉めていた紀州藩も疑われた。

この紀州藩の公用人だった三浦久太郎と、新選組の隊士・斎藤一たちが集まっていた〈天満屋〉という旅館に、海援隊の連中が斬り込むという復讐劇も起きている。

だが、明治三年になって、函館五稜郭で降伏した元京都見廻組の今井信郎が、自分たちのしわざだと告白した。

リーダーは佐々木只三郎、これに今井信郎、桂早之助、渡辺篤、高橋安次郎、土肥仲蔵、桜井大三郎が加わり、計七人が決行した。

問題は誰がこれを命じたかである。

会津藩主・松平容保（まつだいらかたもり）自身か、その側近。

これがほぼ定説である。

だが、証言には矛盾もあり、なおかつ当時の状況が非常に錯綜（さくそう）していたため、さまざまな可能性も疑われる。

新史料が発見されるたび、新しい黒幕説も登場する。

月村も龍馬暗殺に関しては、定説は動かないと思っている。

――珍説かあ。

難しい取材になりそうである。

名古屋を出たあたりで、夕湖からラインが来た。

「なんの因果か、現代の龍馬暗殺を担当することに。昨日、選ばれた男の子の遺体を見ちゃうなんて、刑事のわたしにもショックだったよ」

「気持ち、わかるよ。ぼくは取材で京都に向かってる。たぶん、二泊三日かな」

と、返事を送った。

第三章　舞妓の家

1

翌日――。

月村は京都のホテルを七時に出て、まずは伏見の寺田屋界隈に向かった。

薩長同盟の密約が成立した二日後、寺田屋にやって来た龍馬が、京都見廻組と伏見奉行所の捕り方に囲まれ、お龍の活躍もあってあやうく脱出したところである。龍馬のドラマでは、最後の暗殺の場面と並んで最大の山場とされる。

いまある寺田屋は、龍馬が襲われたときの建物ではなく、いったん火事で焼けたのを建て直したものである。ただ、場所は同じところだし、建物のかたちもほぼ似たようなものだったらしい。

現在の主も龍馬ファンらしく、お風呂には「お龍が入っていて、飛び出して龍馬に危機を報せた風呂」といった解説があり、思わずあの場面を思い浮かべてしまう。

このとき、龍馬は捕り方に対して銃を発砲し、一人を死なせ、数人に怪我をさせた。

これが、龍馬暗殺につながっていったという見方もある。

月村は、外観や部屋、階段や風呂などを撮り、さらに三十石船の乗り場なども撮影した。

天気は上々で、なかなかいい写真が撮れた。カメラは最近、購入したもので、月村にしては高い買い物だった。だが、写真代ももらえるなら、一年くらいで元が取れるだろうと期待している。

月村の写真の腕は、自分で言うのもなんだが、藤原新也の弟子くらいに匹敵すると思っている。印象派の絵画ふうの写真も得意である。

ただ、今度のページは、あくまでも旅の写真ふうに撮らないといけない。

それから、龍馬が傷ついて隠れた材木小屋の跡や、逃げ込んだ伏見の薩摩藩邸にも行ったが、この二つは石碑があるだけでなんの面影もない。いちおう、いまはこんなふうになっているという景色は押さえた。

伏見の次は、京阪本線で七条大橋駅へ。

ここから歩いて三十三間堂の裏あたりに来た。幕末期に、ここには土佐の志士たちの隠れ家があり、龍馬とお龍もここで出会った。

ここも現存するものはなく、証拠写真みたいなものを撮っておく。

すぐにタクシーを拾い、東山の産寧坂（さんねいざか）にある〈明保野亭（あけぼのてい）〉へ。ここは幕末期には旅館もかねていて、龍馬もたびたび泊まっていたという。ただし、建物は当時のものではなく、場所もちょっとだけずれてしまったらしい。

ここらはおなじみ過ぎる景色のうえ、観光客の数が凄い。それでもどうにか、納得のいく写真は撮れた。ちょうどモデルのようにきれいな女性が通りかかったのもついていた。

産寧坂から歩いて、霊山（りょうぜん）歴史館と龍馬の墓へ。もちろん生前の龍馬は来ていないが、ここは外せない。

下り坂なので歩いて八坂神社の前から龍馬も遊んだ祇園の〈一力亭（いちりきてい）〉に。昼間なので舞妓（まいこ）はいないし、あまり絵にもならない。

ここは以前、舞妓が一力亭から出て来たところを撮った写真があるので、それを使うことにする。

途中、コンビニでおにぎりを二個買い、鴨川のほとりで立ったまま食べた。店に入ると混んでいるので、無駄な時間を費やしてしまう。取材では、食事を楽しむなんてことはできない。

この前、夕湖と歩いたばかりの高瀬川沿いに出て、土佐藩邸があったあたりを撮り、龍馬が潜んだ材木商の〈酢屋〉へ。

近江屋に入る約一カ月前までいた酢屋は、いまも同じ場所で材木屋をしていて、龍馬が寝泊まりしていた部屋のところは、私設の資料館のようにしている。

そして、夕湖も感慨深げだった近江屋の跡。

これは、通りの向こうから、人や車の流れを取り込んで、時の流れを感じさせるような写真にした。

――ふう、疲れた。

丸一日かけて、ひと通り回った。

これで、龍馬の足跡としてつねに取り上げられる場所は、ほぼ撮り終えた。

あとは、最近、特定された薩長同盟が締結された近衛家別邸の御花畑屋敷跡くらいか。そこも石碑が残るだけで、以前、撮影をしているし、今回はわざわざ行くのはやめにする。

六ページ分は、なんとかなる。

問題は珍説。

だが、まだなにも浮かばない。

――うーん、どうしよう。

考えたあげく、なにかヒントになるような話が聞けるかもしれないと、青い目の龍馬に電話してみることにした。

2

二時間後――。

のれんを分けて、教えられていた店のなかに入り、

「へえ」

と、月村は感心した。

錦小路(にしきこうじ)の近くで、おばんざいを出す飲み屋だと言われて来たのだが、カウンターのなかにいるのは金髪で青い目の美人。

「ママは、ロス生まれの、いまは日本人です」

と、先に来ていたドラゴン・ホースが紹介した。

「いらっしゃい」

「月村です。フリーランスのライターをしてます」

挨拶して、カウンターの席に着いた。

すでに二十席ほどの半分以上が埋まっていたが、ほとんどが外国人である。

「おばんざい、ママがつくるのかい？」

月村は、小声でドラゴンに訊いた。

「まさか。日本人の旦那がぜんぶつくるよ。だから、夕方から疲れて寝てしまい、顔を見せるのは十時過ぎ」

「なるほど」

納得し、おばんざいから、〈茄子の炊いたん〉と〈イワシの煮物〉を選んで、日本酒にした。大好きなジンライムもできると言うので、それは二杯目以降にする。

「ニュース見たかい、ドラゴン？」

月村はすぐに訊いた。

「もちろんよ。驚いたねえ。まさか、ほんとに龍馬暗殺が起きるなんてね」

眉をひそめて言った。

「選ばれなくてよかったんじゃないの？」

「選ばれていたらやられてた？」

「かもね」

「でも、ぼくは、あの剣ヶ崎くんが選ばれるのには反対だったね」

「そうなの？」

「剣ヶ崎くん、ハーバードに留学してたって言ってたよね。ぼくも、卒業したのは南カリフォルニア大学だけど、二年間、ハーバードに通ったんだよ」

「そうなんだ」

「それで、ハーバードのこと訊いたら、変」

「変？」

「じっさい通ってたら必ず知ってることも知らないね。ほんとに通ったのかなあ」

「へえ」

「それに、彼、日常会話はネイティブみたいに流暢に話すけど、ちょっと難しい話になると、あまり単語を知らないし、なに言ってるかわからなくなる」

「なるほど」

「審査員たちは、留学経験とか国際性を高く買っていたけど、あれだとリポーターは難しいと思うよ」

「それが殺されたことに関係あると思う？」

「それはわからないけどね」

ドラゴンはちょっと考え、首をひねった。

ドラゴンはつづけて日本酒を飲むらしいが、月村は二杯目からジンライムにしてもらった。

「じつは、龍馬暗殺についての珍説を書けと言われていてね」

「珍説？」

「あまり信憑性はない、奇妙な説だよ」

「いままでもいろいろあるの？」

「あるねえ。凄いのには、暗殺なんかなくて、あれは龍馬と中岡慎太郎が斬り合って死んだだけだという説もあるらしいよ」

「それは凄い」

「この前もテレビで、新たな珍説をやっていた。最近、福井で極秘扱いされていた重臣中根雪江あての龍馬の手紙が発見されたんだ。それで、その手紙が極秘扱いされた理由は、それに龍馬暗殺の首謀者の名前が書かれてあったからだというんだよ」

「名前があったの？」

「そこには、幕府の重役で、ちょうど京都に滞在していた永井尚志の名が記されてあった。じっさい暗殺される前の数日間、龍馬は何度もその人のところを訪れていたんだ」

「永井尚志という人は知らないよ」

「勝海舟などとも近い、幕府の開明派だよ。海軍の発達にも寄与している。永井が龍馬暗殺の黒幕なんてことはあり得ないんだよね」

「こじつけってことね」

「そう。こじつけだし、面白くない」

と、月村は言った。珍説を狙って持ち出すなら、視点の新しさと、面白さがなければ駄目なのだ。

「ぼくはね、坂本龍馬忍者説はやめたよ」

と、ドラゴンは言った。

「それがいいよ」

月村も賛成した。このドラゴンは、かなりの知性の持ち主なのに、それが低く見られてしまう。ユーモアのつもりで言っているのだろうが。

「龍馬暗殺は、忍者の襲撃だったという説にした」

「そりゃあ珍説だ」

と、月村は笑った。

「京都見廻組が押し入ったときは、すでに龍馬は暗殺されたあとだった」

「なるほど」

「腹いせに、逃げて無事だった中岡慎太郎をやった」

「そうなるか」

「黒幕はもちろん徳川慶喜(よしのぶ)」

「それは忍者を動かせるのは将軍だしな」

「慶喜が龍馬を知っていたかどうかは、わからないけどね」

「たぶん、知ってないだろうな」

将軍が、脱藩ばかりしていた土佐の下級武士の名前を知っていたはずがない。

だが、ドラゴンの説は面白いので許せる。

「そういう史料、ない？」

「ないなあ」

月村はそう言って、二人で笑い合った。

この晩の酒は大いに進んだ。

3

そのころ――。

東京の築地警察署では、二度目の捜査会議がおこなわれていた。

「六堂禅一郎くんは、まだ集中治療室です。一度、心停止があり、心配されたのですが、持ち直したみたいです。ただ、意識はありません。

駆けつけた家族に、六堂くんのことを訊いてきました。洛北大学の理学部の大学院で、博士号を目指して勉強しています。家は大学の近所だそうで、自宅通学しています。研究が趣味みたいな青年で、誰かに恨まれるなんてことは考えられないそうです」

それを聞いて、築地署の署長が、

「ま、親はそう言うよな」

と、言った。

さらに警視庁の童門係長が、

「でも、そういう男がよくコンテストなんかに出たもんだな？」

と、疑問を呈した。

「それは親も言ってました。ただ、微生物の研究で、世界をしょっちゅう旅行しているので、ああいうのに受かると、旅行資金にできるし、旅行の機会が増えると思ったのではないかと言ってました」

「なるほどな」

つづいて、宿泊客の話を聞いて来た刑事が報告した。

「両隣の部屋に泊まっていたのは、どちらも中国人観光客でした。右隣の客はすでに帰国してしまった模様です。いちおうホテルに伝えてあった携帯番号にかけてみましたが、通じません。左隣の客はまだ都内にいたので、急遽、警視庁から中国語のできる人に来てもらい、一昨日の夜のことを訊きました。すると、夜中に騒ぐ声は聞こえたそうです。ただ、酒に酔って騒いでいるだけかと思ったそうです。話し声というよりは、喚いてるみたいな声だったとは言ってました」

「そうか。なんて喚いたかはわからないわけだ」

と、高倉捜査一課長が落胆して言った。

今日も丸一日、防犯ビデオのチェックをしていた班からは次のような報告があった。

「ホテル内に残っていた防犯ビデオをすべてチェックしました。いちばん、犯人たちのようすがわかるのはこのエレベーターのビデオですね」

と、映像を流し始めた。

「まず、三人が乗りました。しばらくして、一人がもどり、三人を連れてまた四階に来ました。それから次のエレベーターで、三人が来ています」

皆、俯(うつむ)いているため、顔はまったくわからない。

「七人か」

高倉捜査一課長が言った。

「犯人たちが、七人だったのは間違いないと思われます」

報告した者が座ると、

「あれ？　たしか幕末の龍馬暗殺も、下手人たちは七人だったんじゃないかな」

と、築地署の署長が言った。

「そうなんですか？」

童門係長が訊いた。

「たしか、そうだったよな」

「とすると、やはり幕末の龍馬暗殺を真似たんですかね？」

「さあ。だが、なんのためにそんなことをしたのかね」

署長は首をかしげた。

つづいて、吉行、大滝、夕湖の警視庁組から吉行が報告した。

「剣ヶ崎明日のコンテストでの自己紹介がどうも怪しいということで、我々はコンテストの選考委員会のほうに出された書類をもとに、もう一度、大学に行き、事実関係を確かめました。すると、ハーバード大学と北京大学への留学というのは、どちらも市民講座への参加で、じっさいはアルバイトをしていたのがほとんどだったようです」

「ほう」

署長が呆れた顔をした。

「それで、コンテストの主催者がつくっていたホームページに、審査についての抗議メールがずいぶん来ていたため、嫉妬もしくは選考への怒りが起こした犯罪だという線も考えました」

じつは、大滝と夕湖が、吉行に訴えたのだ。

「なるほど」

署長と高倉がうなずいた。

「それで、プロバイダ等に連絡し、抗議メールを出した者のアドレスを割り出しますと、なんと二人ほど、二次審査の十五人のなかに入っていた者がいたのです」

「それは気になるな」

「一人は、大阪の会社員で、榎本悠太（えのもとゆうた）、二十七歳。もう一人は、アメリカからの留学生で、ドラゴン・ホースこと、サイモン・オドネル、洛北大に籍がある二十六歳でした。この二人については、先ほどわかったので、まだ連絡はしておりませんが、電話より、直接訊いたほうが、表情なども見えるので、もしも怪しさが増すようなことなら、大阪と京都に捜査員を派遣すべきではないかと思っています」

「そうだな。どうする、高倉くん？」

署長が捜査一課長に訊いた。

「そうですね。ただ、剣ヶ崎の所属していたサークルの連中のアリバイとDNAについてはまだ調べてないよな?」

高倉が吉行に訊いた。

「まだです」

「明日、とりあえずサークルの部室内からゴミや塵などは、そっと取って来てもらおうかな。それで、ホテルにあったDNAと照合してみなきゃな」

と、高倉が言った。

「わかりました」

吉行はうなずき、着席した。

4

翌日——。

京都取材の二日目になった。

昨夜はドラゴンに付き合って飲み過ぎてしまい、ちょっと頭が痛い。

いちおう二泊三日の予定だったが、もう一泊したほうがよさそうである。フロントに訊くと、連泊できるというので予約を取った。

問題は珍説である。

ドラゴンの説を拝借しようかとも思ったが、史料が皆無というのはやはり歴史雑誌にはふさわしくない。

あまりになにも浮かばないので、最初に本命とされた新選組犯行説を見直してみようかと考えた。

じっさい、新選組隊士だった伊東甲子太郎(いとうかしたろう)が龍馬に「狙われているぞ」と忠告したり、鞘(さや)や下駄といった遺留品が新選組のものだったなど、完全に否定しきれないところはあるのだ。

——とりあえず壬生寺にでも行ってみるか。

阪急京都線の大宮駅まで行き、そこから歩いた。

壬生寺と、隣の八木家。新選組はここに寝泊まりしていた。初代の局長である芹沢鴨(せりざわかも)が近藤勇(こんどういさみ)らに暗殺されたのは、この八木家である。天井板に残る血の跡は、そのときのものだとも言われる。

月村はもちろん、もう何度も来ている。

ここは新選組ファンの聖地である。

この日も、数十人の若い女の子がつめかけていた。

龍馬ならわかるが、なぜ女の子が、あんなに血生臭い男たちのファンになるのか、月村は正直よくわからない。おそらく、月村の知らないドラマやゲームなどに影響されているのだろう。

新選組がここに屯所（とんしょ）を置いたのは、元治二年（一八六五）の三月十日までだ。まだ薩長同盟も成立していない。

池田屋事件で名を上げた新選組は、入隊希望者が増えたため、屯所を移さざるを得なくなったのだ。

次に屯所となったのは、なんと西本願寺。お寺のほうでも、よくもあんな物騒な人たちを入れたものだと思うが、これはほとんど嫌がらせに近いような、強引な移転だったらしい。

つまり、この壬生寺でいくらヒントを摑（つか）もうと思っても、龍馬暗殺のころはここにはいなかったのだ。

――ううむ、無駄足だったか。

途方に暮れて八木邸から出て来たとき、

「写真、撮ってあげまひょか？」

と、声をかけられた。

若い女性である。日本髪を結って、浴衣（ゆかた）姿である。観光客にしては、やけに着物の着こなしが堂に入っている。

月村は、そんなつもりはなかったが、カメラを持ったまま困った顔をしていたので、誤解されたのだろう。

「あ、ど、どうも」

気安い口調で言われたこともあって、月村はつい、うなずいてしまった。

ところが、カメラを渡そうとしたとき、

「あっ」

思ったよりも重かったのだろう、相手の女の子が、カメラを落としてしまった。

がちゃん。

と、嫌な音がした。

慌てて拾い上げたが、案の定、レンズにヒビが入っていた。

「ああ、うちのせいどすな」

女の子が、泣きそうな声で言った。

「いや、大丈夫」

「大丈夫やあらへんどす」

「カメラより、写真のデータが無事ならいいんだ」

と、チップを外し、ノートパソコンでチェックした。

「大丈夫。いままで撮ったものは無事だから」

月村はそう言ったが、女の子の悲愴な表情は変わらない。

5

月村と日本髪の女の子は、壬生寺からはかなり離れた北野天満宮に近い喫茶店にいた。壊したカメラのレンズを弁償すると言うが、若い女の子にしたらかなりの金額で、それは申し訳ない。それなら、なにか代わりになることをしてもらえば、女の子の気持ちの負担も無くなるだろうと思い、

「だったら、おいしい喫茶店の卵サンドをごちそうして。それでチャラにしよう」

と、提案したのである。

すると、

「あ、京都でいちばんおいしい卵サンドの店、知ってますえ」

と言うので、タクシーを拾い、ここに来たのだった。

このあたりは以前、来たことがある。水上勉（みずかみつとむ）の書いた『五番町夕霧楼』の舞台をじっさいに歩いてみたくて、仕事とは関係なくやって来たのだった。もちろん小説の舞台になった遊郭などはなくなっている。だが、なんとなくそれらしい建物が残っていたり、小説に出て来た映画館があったりして、ちょうど雪が降っていたせいもあって、いかにも小説らしい雰囲気を味わったものである。

喫茶店は、町家を改装したらしく、土間と畳の間と、両方に座れるようになっていて、畳の間のほうに上がった。そこから坪庭も見えて、まさに京都のカフェらしい。

「いいとこだね」

「そうどっしゃろ。うちもよくここに来ますよって」

「あのう」

月村は訊いていいかどうか、迷った。

「は？」

「もしかして、本物の舞妓さんじゃないよね？」

「はあ、舞妓どす」

「へえ」

驚いて、しばらく声も出ない。

近ごろの京都の女の子は、「なんとかどす」なんて言い方はしないと聞いていたし、月村の知っている京都の女性も、イントネーションが違うくらいで、話し言葉は東京といっしょだった。

だが、目の前にいる女の子は、まさにドラマなどに出てくる舞妓の言葉だった。

「舞妓の名前を教えてもらってもいいかな？」

「はい。梅すずといいます」

「梅すずさんかあ」

見た目にぴったりの可愛い名前である。

「祇園で働いているんだね」

「いいえ。うちは違うのどす」

「え？」

「上七軒というところの舞妓なんどす」

「上七軒……」

そういえば、舞妓は京都のいろんなところにいるという話は聞いたことがある。

「東京の人などは、舞妓というと祇園と思わはるみたいどすが、京都には五カ所、花街と呼ばれるところがあって、それぞれに舞妓がおるんどすえ」

「五カ所も……」

「上七軒というのは、祇園とか先斗町とかから離れているので、観光客にはなじみが薄いのどすが、京都でいちばん古い花街なんどす」

「では、上七軒には新選組も来てたのかな」

「さあ？　新選組は島原の遊郭に通ったのでは？」

「あ、そうだった」

幹部たちは皆、なんとか太夫という高級花魁をお妾のようにしていたらしい。

「上七軒というのは、西陣の旦那衆に贔屓にされてきた花街なんどす」

「西陣の！　西陣の織物については、以前、詳しく取材したことがあるよ。でも、旦那衆が羽を伸ばすところまでは取材しなかったなあ」

そういえば、『五番町夕霧楼』でも、そんな話はあった気がする。

「月村はんは、歴史について取材なさるんどすか？」

「うん。ぼくは歴史ライターというか、歴史探偵を自称しているんだよ。でも、お前の推理は珍説が多いと批判されることも多いんだけどね」

と、月村は言った。

とくにこの四、五年、世のなかは変わったものの見方について、反応が厳しくなっている気がする。寛容性が失われてきているのか。

「歴史探偵……」

梅すずは目を瞠った。

「あ、ぼくはこういう者だよ」

と、月村は名刺を出した。肩書はないが、いちおう推理作家協会に入っているので、会員とは入れてある。

「八丁堀にお住まい？　よく時代劇に出てきはりますなあ」

「そう。町奉行所の与力（よりき）や同心（どうしん）たちが住んだ町で、ぼくの先祖も町奉行所の同心だったんだよ」

「そうどすか。歴史を研究されてはるんどすな……」

なにか思うところがあるみたいに、何度かうなずいた。

「なにか知りたいことでも？」

「はい。じつは、うちに先祖代々の書き物があって、お母はんが捨てると言うので、一度、京大の助手の方に見てもらったら、たいしたものはないと言われたんどす。それでも、うちはなんか勿体(もったい)ない気がして捨てられずにいたんどすが、今度、家を建て直すいうんで、どうしても捨てる言うて」

「ふうん。捨ててしまうのはどうかな」

と、月村は言った。

「お母はんが、うちが舞妓の家系というのをひどく恥じていて、知られたくないんどす。あたしが舞妓になるというときも猛反対されて」

「そうなんだ」

昔と、この二十一世紀の舞妓と、どこがどう違うのか、月村は京都のお座敷の経験もないし、まったくわからない。だが、そこらへんに微妙な世界があることは、なんとなく想像はつく。

「月村はん。よかったら、見ていただけまへん？」

「ええ。ぼくでよければ」

「では、いまから取って来ます」

「いまから？」

「はい。うちはすぐそこですよって」

梅すずは、急いで出て行くと、十分もしないうちにもどって来て、

「これがそうなんどす」

と、テーブルの上に置いた。

小さな段ボールの箱に、手帳のようなものが四冊、入っていた。

「ちょっと拝見」

一冊ずつ、中身を確かめる。

どれも日記のようなもので、年月日からして、二冊が梅すずの三代前の曾祖母、あとの二冊が四代前の高祖母がつけたものだろう。

高祖母の日記がちょうど幕末期に当たるので、ぱらぱらとめくった。

毎日の記述はかんたんなもので、天気を記しただけのものが多い。京都の天気は、すでにほかの史料でわかっているから、京大の助手という人もあまり役に立たないと判断したのだろう。

「ん？」

ちらっと眼に入った箇所で、月村の指の動きが止まった。

「昨夜、間違えて大物まで斬ってしまったと、桜井はんはずっと憂鬱なお顔をさ

れてはった。どうして斬り合いなどするのかしらん」

と、記してある。

気になったのは日付。

慶応三年十一月十六日。龍馬が暗殺された翌日なのである。

桜井はんというのは？

月村は背負っていたリュックのなかから、ちょうど持って来ていた史料を取り出した。

――いた……。

龍馬暗殺を決行したとされる京都見廻組のなかに、桜井大三郎という人物がいた。

まさか、この桜井なのか。

「どうかしはりました？」

梅すずが訊いた。

「うん。これはおそらく、梅すずさんの高祖母、つまりひいひい祖母（ばあ）ちゃんの日記だと思うんだけど」

「あ、そうどす」

「これにちょっと気になる記述があってね」

「はあ」

「じっくり読んでみたいんだけど、借りることはできない？」

「ええんどすが、コピーはうちのお母はんが駄目やと言わはるでしょうな」

「わかった。コピーは取らないよ」

と、月村は約束した。

6

月村はそのままホテルにもどり、部屋でその史料をじっくりと読むことにした。

ただ、その前にカメラのレンズをなんとかしないといけない。

ネットで調べると、京都駅の近くに専門店があるみたいなので、まずはそちらに向かった。

当然だが、レンズのヒビは直らない。買い替えることにした。

ニコンなので、一桁(ひとけた)では買えない。

——ううむ、仕方がない。

取材をしていれば、こういうことはあるのだ。自分の身でなかったから、幸いだったと思うことにしている。

それからホテルにもどり、備え付けのコーヒーを飲みながら、日記を読もうとしたとき、電話がかかって来た。非通知ではないが、知らない番号である。

「もしもし」

「あ、月村はん。梅すずどす」

てっきり史料の催促かと思って、

「あ、まだ、これから読もうと思ったところだよ」

と、釈明した。

すると、梅すずは申し訳なさそうに、

「あ、それはコピーとか取らないなら、一週間くらいは預かってもらって大丈夫どすえ。そうじゃなくて。じつは、今日、予約が入っていたお客はんが急にキャンセルになってしまったんどす。それで、お茶屋の女将(おかみ)さんに今日のことを話したら、お座敷に来てもらったらええのにって」

と言うではないか。

「え、お茶屋のお座敷に？」

京都の花街で舞妓を呼んで飲むなんて、いくら取られるか想像もできない。

たぶんウン十万。

「お勘定は心配要りまへん。キャンセル料を全額もらいましたし、料理も五人分、すでにつくっていたから、無駄になってしまうんですよ。芸妓はお休みさせてもらうので、うち一人になりますが」

「いや、ぼくはそういうこと、したことないし」

「お友だち、誘ってくれてもよろしおすえ」

「友だち？」

ふと、昨夜いっしょに飲んだドラゴンを思い出した。

「ええ。二、三人ならかましまへん」

「ちょっと訊いてみるけど、外国人でもいいかな？」

「もちろんです。外国人のお客はん、多いどすえ」

梅すずは、なんでもないというように言った。

すぐにドラゴンに電話をし、事情を話すと、

「それはもう喜んで」

と、一発返事である。

それから、いちおう『歴史ミステリーツアー』の編集部の堀井に電話をしてみた。もしかしたら、十万円までなら出してやるとか、言ってくれるかもしれない。

だが、ざっと事情を話すと、

「舞妓を呼んで、お茶屋で飲む？　なに言ってんの」

いきなり声が冷たくなった。

「取材費出ないよな？」

月村も下手に出る。

「そんなの取材じゃないだろう」

「いや、純然たる取材なんだって。その舞妓はんの家に面白い史料があってな」

「お前なあ、出版不況を知らないとは言わせないよ」

「まあ、それは」

「一銭たりとも出せないね」

「ま、そうだと思ったよ」

「それで、どうするの？」

「もちろん呼ぶよ」

「まじかよ」

「じゃあな」

「うそ……」

仕返しにそっけなく電話を切った。

こうなると、史料を読んでも頭に入らない。

髪が伸びているのに気づいて近くにあった床屋に行き、シャワーを浴び、そわそわしているうちに時間になり、上七軒のお茶屋に向かった。

——へえ、こんなところに……。

北野天満宮のすぐ東側である。石畳の、いかにも洒落た雰囲気の通りがあり、なるほどお茶屋が両脇に何軒も並んでいた。

北野天満宮には来たことがあったのに、すぐ近くにこんな一画があったとは——京都という町は奥深いと、つくづく思う。

ドラゴンとはお茶屋の前で待ち合わせたので、立っているとまもなくやって来た。

「月村さん、ありがとう。ぼくは、上七軒にもぜひ来たかったんだよ」

「そうだったの？　緊張はしない？」

「緊張？　いやあ、嬉しさが先だよ」

「なるほど」

「祇園のお茶屋には何度か上がったことがあってね」

「そうなんだ」

「上七軒のほうが伝統があるとは聞いてたから」

「へえ」

外国人だけあって、逆に敷居の高さとかは感じないのだろう。

来てもらってよかったが、外国人が祇園を経験していて、自分はまだというのが、なんだか負けた気分である。

戸を開けてなかに入る。

女将さんの挨拶を受け、奥の部屋に案内された。

縦に長いお座敷で、石灯籠（いしどうろう）に灯（とも）が点った庭も見渡せる。

掛け軸を見ると、蕪村（ぶそん）の筆らしい気がする。

すぐに梅すずが来てくれて、次第に月村も緊張が解けてきた。途中、夕湖からラインのメールが来ていたが、さすがに返事する余裕はない。

宴（うたげ）の話題は当然、東京で起きた現代の坂本龍馬殺人事件にも及んだ。

「まだ、犯人は捕まっていないんでしょ？」

と、梅すずが訊いた。

「まだみたいだね」

と、月村は言った。出る前に、五時のニュースを見たのだが、犯人はどうやら七人のグループだったらしい。コメンテーターが、「明らかに幕末の龍馬暗殺を真似ている」と言っていた。

だが、なんのためにそんな真似をしなければならないのかとなると、コメンテーターもさっぱり見当がつかないようだった。

「あれは、剣ヶ崎くんを選んだというのが間違いでね。じつは、ぼくもコンテストの事務局に、抗議のメールをしていたんだ」

と、ドラゴンは言った。

「そうなの？」

昨夜はそんなことは言ってなかった。

「これがぼくの抗議だよ」

と、ドラゴンはスマホで事務局のページを出し、自分の投稿を月村と梅すずに見せた。

「どれどれ」

見ると、

「人選ミスだ！　もっといい人がいただろう！　選んだのは幕府の人たちに違いない。下手したら、暗殺されちゃうぞ！」

と書かれてあった。

「暗殺を予言してはりますね」

と、梅すずが驚いた。

「そんなつもりはなかったよ。でも、嫉妬だと受け取られそうなので、昨夜は言わなかったんだ」

ドラゴンは恥ずかしそうに肩をすくめた。

「でも、これはまずかったんじゃないか」

と、月村は言った。

「そうかね」

「だって、あんなことがあったら、警察はコンテストのホームページは当然調べているよ」

「ハンドルネームしか書いてないよ」

「いや、殺人事件の捜査だったら、警察はプロバイダなどに連絡し、きみの名前を割り出しているさ」

「なるほど」

「そのきみが、コンテストに応募していて、ベスト5まで残っていたことを知ったら？」

「ああ、疑うかなあ？」

「たぶんね。アリバイはあるかい？」

「アリバイ？」

不安げな顔になった。

「ないの？」

「あの日は、がっかりして、家で自棄酒飲んでたから」

「うーん」

「まずい？」

ドラゴンが不安げな顔になったので、

「いや、大丈夫だよ。いまの警察の捜査は凄いからね。しかも携帯というやつがある。その夜、携帯で電話はした？」

「した、した。アメリカの元カノに、落ちた愚痴を言ってた」

「ああ、たぶんそれで位置情報がわかるから大丈夫だよ」

「よかったあ」

ドラゴンがホッとした顔をすると、

「ドラゴン危機一髪」

と、梅すずが言った。

「それって」

ドラゴンの顔が輝いた。

「ブルース・リーの映画どす」

梅すずが自慢げに言った。古い映画に詳しいらしい。

「ぼく、龍馬と同じくらいブルース・リーが好きなんだよ」

「うちも」

二人はがっちり握手をした。

「ううむ」

と、月村は唸った。

それはブルース・リーも偉かったとは思うけど。

龍馬とブルース・リーか……。

龍馬ファンとしては、どうにも納得いかない気持ちだった。

7

ささやかだが、夢のような宴は二時間で終わった。
あっという間である。
これであそこのお茶屋では、もう一見(いちげん)さんではないという。
誰かに自慢したい気分である。
月村は、上七軒の通りを出たところでドラゴンと別れ、ホテルにもどって来た。
ロビーからエレベーターのほうに向かおうとして、
——そういえば、あのイベントのとき、怪しいやつらがいたよな。
と、思い出した。
サングラスをかけた数人組だった。
まるでテレビカメラを避けるみたいに、裏のほうから出入りしていた。
月村は、あの場所に行ってみた。
すると、明日のイベントの準備がおこなわれていた。舞台のセットらしきものが、四、五人で運び込まれている。

そのとき、ホテルのスタッフらしき男が仲間に、

「あの前の晩、怪しいのがいたよな」

と言う声がした。

「いた、いた。殺されたやつに脅されてなかったか？」

と、もう一人が答えた。

これは聞き捨てならない。

月村は、そばに行き、

「あのう、いま、言ってたことだけど」

と、話しかけた。

「え？」

「前の晩というのは、ここで現代の坂本龍馬コンテストがおこなわれた前の晩ということ？」

「はあ、そうですよ」

「なにか、あったの？」

「その裏の駐車場のところで、怪しい連中に誰かが怒っていたんですよ。なんだ、怪

お前らは？　と言って」

「それが、殺された剣ヶ崎くんだった？」

「たぶんね。暗かったので、はっきりしないんだけど」

「剣ヶ崎くんは、ここに泊まってたの？」

「最終選考に残った人たちは、朝早いから泊まっていたんですよ」

「そうなんだ。それで、その怪しい連中というのは？」

「怒られていなくなりましたよ。たぶん、その裏の非常口から上がろうとしてたんじゃないですか？」

「上がれるんだ？」

「そりゃあ、無理やり上がろうと思えば上がれますが、でも部屋はカギがかかってますしね」

と、スタッフらしき男は言った。

「それは警察に？」

「いやあ、はっきりしない話だし」

「ううん、それは言ったほうがいいんじゃないかな」

「いや、余計なことは言うなと、上司に怒られますよ」

ホテルとしても、妙な騒ぎが起きたとなれば迷惑だろう。

「その騒ぎがあったあたりって、防犯ビデオとかは？」

「どうかなあ。門には一台、あったと思いますよ」

「そうか」

月村はうなずき、その駐車場を見てみることにした。

駐車場は裏にあり、客用ではなく、業者の搬入用の車や、内部のスタッフのためのものらしい。客用は、地下になっていたはずである。

なるほど、門のところに一台、監視カメラが据えられているのが見えた。

なにが写っているか、月村は見てみたいが、これは警察でなければ見せてもらえるわけがない。

「夕湖ちゃんに教えてやらなくちゃ」

と、月村は夕湖にメールを送った。

8

第三回目の捜査会議は、最初から沈滞した雰囲気が漂っていた。

署長はヘビースモーカーらしく、話を聞きながら何度も窓際に行き、戸を開けては煙草を吸って、席にもどったりした。

どのチームも、今日は犯人につながる証言やデータを持ち帰ることはできなかった。

防犯ビデオのチームは、周辺の膨大な映像までチェックしたが、どうも連中は帽子を取ったのはもちろん、着替えまでしたらしく、似たような服装の者さえ見つかっていないという。

「靴はどうだ？」

高倉捜査一課長が訊いた。

「やってますが、なにせ靴というのは……」

鑑識課員がうんざりした顔をした。小さいし、汚れていたりするから、判断が難しいのだろう。

夕湖たちのチームも、J大のホテル研究会に行き、さりげなく部員たちのアリバイを確かめた。彼らには、確実なアリバイがあった。ホテル研究会のメンバーは、あの晩、横浜のホテルで研修のようなことをおこなって、そのまま宿泊もしていたのだ。

「まさか、わたしたちも疑われてる？」

部長が面白そうに訊いてきた。

また、ひそかに持ち帰った床の塵や髪の毛などにも、いまのところ共通するDNAは見つかっていなかった。

「こうなると、京都にも行ってもらうしかないか」

と、署長が言った。

そのとき、夕湖のスマホにメールが入った。

もちろん月村からで、そっと見てみると、

「事件の前の晩、ホテルに怪しい連中がいて、剣ヶ崎に一喝されたらしいよ。コンテストの前の晩も泊まっていたんだって」

と、書いてあった。

夕湖はそっと席を外し、月村に電話をした。

「おう、夕湖ちゃん。いい報せだろ？」

いつもよりずいぶん陽気な声である。

たぶん酒が入っているのか、それとも女の子にモテた？

「メール見たよ。怪しい連中がいたって、あのホテル？」

と、夕湖は訊いた。

「そう。最終選考に残っていた人たちが泊まったらしいよ」

「そうなんだ」

「ホールの道具係らしい人の話だから間違いないと思うよ。もしかしたら、監視カメラにも写っているかも」

「監視カメラ？」

「ああ。騒ぎがあったのは裏手の駐車場で、そこの門のところにカメラがあった」

「わかった。ありがとう」

夕湖はすぐに席にもどり、

「いま、京都にいる知人から連絡があったのですが、被害者たちはコンテストの前の晩からホテルに泊まっていたのですが、そこで剣ヶ崎が怪しい連中を一喝したということがあったそうです」

と、発言した。

これには列席者も色めき立ち、

「前の晩に？」

「京都で？」

と、口々に驚きの声を上げた。

「監視カメラもあったみたいで、写っているかもしれません」

「よし、京都行きだな」

と、署長が言った。

腰を下ろした夕湖に、吉行がそっと言った。

「おい、例の名探偵だろ？」

第四章　本命は中岡慎太郎

1

夕湖は、月村の家にいた。

捜査会議が終わったのが夜の十時で、明日は始発の新幹線で京都に行く。石神井公園の家まで帰ったら、寝るのが十二時過ぎで、四時には起きないといけない。

そのことを電話で月村に話したら、

「だったら、ぼくのところに泊まりなよ」

と言われたのだ。

「月村くんがいないのに？」

「そんなのは平気だ。チェットのようすも見てもらえたら助かるし」

そう言うので、使わせてもらうことにした。

築地署の宿直室は男臭くて嫌だったし、急なホテルの予約は高くなってしまう。もちろん出張だから出してはもらえるが、ぜったい「こんな高いホテルに泊まったのか」などと言われるのだ。

もともと月村の家のカギは預かっているので、なんの不都合もない。

月村の家は、八丁堀の古い雑居ビルの屋上にある。エレベーターのない六階建てのビルの六階の半分が、大家でもある月村の家になっている。いまだったら、許されない造りらしいが、なにせ月村が生まれるはるか前につくられたビルなのだ。

ほんとは両親の家だが、その両親はここからも近い月島の高層マンションに住み、月村が言うには、

「管理だけさせせられて、家賃の上がりはぜんぶ親」

なんだそうだ。

だが、もともと3LDKだった造りを、ワンルームにしたこの広い家に、家賃なしで住んでいるのだから、他人からしたら羨ましい境遇である。もっとも家賃を払わずにすむようになったのは、最近らしいが。

――ほんとに、ここは最高。

部屋の真ん中にあるソファに座って、冷蔵庫から出したビールを飲みながら、夕湖はつくづく思う。

六階の半分、というか、じっさいは半分以上ある屋上の部分に、月村は土を入れて、雑草の庭にしている。つまり、ただ、土を入れただけで、なにも植えていない。それでも風に乗って種子が運ばれ、さまざまな雑草が生えてきたのだ。しかも、どうやら鳥の糞に混じっていたらしく、とんでもない草花が芽生えてきたりもするという。

それを狙ってわざとなにも植えなかったそうだが、この雑草の庭がじつにいい感じなのである。

自然な風情があるのだ。

この前、京都でいくつかの庭を見て、手の込んだ庭の美しさを味わってきたけれど、こうしてほとんど手を入れていない庭を見ると、

――こっちのほうがいいいんじゃないか。

とさえ思ってしまう。

気取らない庭。ホッとする庭。

どこか懐かしさも感じる。

そこに夜の東京の明かりが差している。

高さもばらばらな草が、柔らかく風になびいている。

月村は、真夏も冷房なんか使わないと言っているが、ほんとに要らないのだ。遠くに扇風機は回しているが、それと自然の風で、充分に涼しい。八丁堀がじつは海の近くで、縦横に運河も流れる町というのが実感できる。

月村はこのあたりを、

「時代に取り残された、昭和の一画」

なんて言っている。

たしかに、小さな古い雑居ビルが多く、商店などもどことなく垢抜(あかぬ)けなかったりする。だが、ここは東京駅から一キロも離れていない、東京のど真ん中なのだ。

――でも、まずいかも……。

と、夕湖は思ってしまう。

こんな便利で快適な家に一人で暮らしていたら、はたして男は結婚したいなんて思うだろうか。

まして月村は、なんでも自分でできてしまう。料理だって、たぶん夕湖よりうまい。

「ねえ、チェット?」

庭の近くにいた猫のチェットに声をかけると、

「にゃあ」

眠いのになに? というような返事をした。

「月村くん、あたしと結婚したいなんて思わないよね?」

「にゃあ」

おれは知らないと言った気がする。

月村がいない部屋は、逆に月村の匂いを強く感じる。

ベッドに入ると、チェットが足元に来て、夕湖はたちまち眠りに落ちた。

2

始発の新幹線は空いていた。

自由席の車両で待ち合わせたが、大滝はぎりぎりで飛び乗って来た。巨漢なのに、走っても息を切らさないのは、さすが元オリンピックの金メダル候補である。

手に駅弁の袋を持っている。

夕湖が三人掛けの窓際に座り、大滝が真ん中の席に座った。二人で出張に行くときは、いつもこうする。新幹線の三人掛けの席は、真ん中が若干広くなっている。大滝は、このほうが多少は楽なのだ。

「上田、弁当は？」

「出るとき、トースト食べて来たから」

嘘ではない。急いでトースト一枚と、牛乳を腹に入れて来た。

「あれから自宅に帰って、この時間に来たら、ほとんど寝てないだろう？」

「そうだね」

こっちは嘘。昨夜十一時から朝六時まで、ぐっすり寝たので快調である。

「築地署の宿直室は寝苦しかったぞ」

「そんな感じした」

「しかも、飲みに誘われてさ」

「行ったんだ？」

そのわりにあまり酒臭くはない。

「うん。でも、今日のことがあるから、ウーロン茶飲んでた」

「なるほどね」

「でも、寝たの二時だぞ」

「それはお疲れだね」

大滝は弁当を広げて食べ始めた。幕の内弁当のほかに、おにぎりを一つ追加していた。

食べながら、

「いい話聞かされちゃってさ」

「なに？」

「築地署の婦警、おれにべた惚れだと」

「まじ？」

「この前の見たんだと」

「投げるとこ？」

「ああ。あれで一目惚れだと」

「やったじゃん」

「わりと可愛い」

「捜査本部にいる？」

「あれにはいない。今度、デートさせられる」

「へえ」

「ところで、上田のカレシ」

「うん」

「ライターで食ってけるの？」

「なんとか食ってるみたい」

じっさい、そうみたいである。ただ、家賃はいらないし、貯金の心配もたぶんしていない。それでも、ふつうに稼ごうという気持ちはあって、一生懸命働いているようには見える。

「そうなんだ」

なにか言いたいことがあるのだろうか。

このあいだ、大滝と王子で飲んだとき、いきなり「おれの嫁になれ」とか言われた。あれっきりだが、二人になると、なんとなく微妙な感じにはなる。

その築地署の婦警というのは見てみたい。大滝がいいやつとはわかっているので、あまり変なのとはくっついて欲しくない。

弁当とおにぎりをたちまち平らげ、大滝はさっそく、熟睡に陥った。

3

月村は、昨夜遅くまで、梅すずの高祖母の日記を検討した。

読みにくい字で、時間がかかった。まだ最後までは読み切れていない。

高祖母の妓名は「梅きち」だった。

歳はわからないが、上七軒で舞妓から芸妓として、合わせて八年ほど働いたらしい。日記にはそのあいだのことが書かれてある。

毎日は記しておらず、十日くらいあいだが空いたりもする。だが、詳しく事情や心境を書き込んでいる場合もある。

じっくり読めば、舞妓や芸妓の独特の暮らしぶりが浮かび上がってくる。

月村にはかなり面白かったが、京都の人にとっては花街の暮らしのことなど別段めずらしくないのかもしれない。

梅きちは、慶応元年（一八六五）には舞妓から芸妓になっている。

このとき、どうやら水揚げというものがおこなわれたらしい。江戸時代だから、当然、あったのだろう。

桜井とは、慶応三年の六月に初めて会い、七月にはもうなじみの間柄になったらしい。このなじみの間柄が、吉原のなじみとどう違うのか、月村にはわからない。

やはり、桜井は見廻組だという記述もあった。見廻組もかなりの人数がいたので、同姓の者がいたかどうかは、調べてみないとわからない。

もしも、これが桜井大三郎なら、

「間違えて大物まで斬ってしまった」

という証言は重大である。

この「大物」が坂本龍馬だとすると、桜井たちは中岡を狙って近江屋に突入したということになる。

――なんと……。

月村は、この着想に自分で愕然(がくぜん)とした。

誰もが、狙われたのは坂本龍馬だと思っているが、龍馬はむしろとばっちりを食ったということになってしまうのだ。

梅きちの日記では、この数日後、桜井はもう一度、上七軒に来たが、まだ悩んでいて、「あれは、佐々木さんの命令だった」と言っていたという。

佐々木は、あの襲撃メンバーのリーダー格だった佐々木只三郎のことか。

それからひと月半後の暮れ、桜井はもう一度、梅きちに会いに来るが、それから数日後には鳥羽伏見の戦いに出陣して負傷し、命を落としてしまう。佐々木只三郎もやはり鳥羽伏見の戦いで負傷して死ぬ。

これから推測すると、桜井より、リーダーの佐々木只三郎が中岡慎太郎殺害を企てたということになる。

では、京都見廻組に中岡を狙う理由はあったのか？

中岡慎太郎の史料は持って来ていないが、ここは京都である。学問の府である。歴史の史料を大量に持つ図書館がある。

月村はとりあえず、平安神宮に近い府立図書館に、開館と同時に入ることにした。

それから二時間ほど、夢中になって史料の検討をつづけたのだった。

「なるほどなあ」

と、月村はつぶやいた。

薩長同盟というと、どうしても坂本龍馬の手柄ということになってしまう。

だが、調べていくうち、中岡慎太郎の功績もじつに多大だということがわかる。

同時代の志士のなかには、

「薩長同盟は中岡がやった」

と主張する者もいるほどである。

慶応二年の一月。

薩摩と長州の軍事同盟については、すでにお膳立てはできていた。

考えたのは龍馬ではない。勝海舟や大久保一翁（おおくぼいちおう）などがアイデアを出し、龍馬や中岡慎太郎がじっさいの工作をおこなった。中岡慎太郎は、龍馬とは別に薩長同盟を企図していた。

この最後の決断のとき、ちょうど龍馬がその場にいた。中岡慎太郎がいたら、薩長同盟の手柄は、中岡慎太郎を第一としたかもしれない。

それにしても、薩長同盟を締結したのは、薩摩藩側も長州藩側も、皆、藩の重役たちである。

だが、龍馬はもともと土佐の下級武士だし、しかもこのときは脱藩中である。土佐藩に対してなんの影響力もなければ、ほとんど相手にもされない。

そんな龍馬がなぜ、あの重要な場にいられたのか。

月村はかつて、そこに疑問を持った。

小説やドラマでは、龍馬の類いまれな人格が、両藩の重鎮から信頼されたからみたいに描かれる。

だが、あの桂小五郎や西郷隆盛や大久保利通が、そんなに甘い考えでいただろうか。あいつはいいやつだからと、信頼してしまうものだろうか。

ましてや、龍馬はこのあいだまで、幕臣勝海舟の子飼いだったのである。

月村はいろいろ考えたあげく、その理由を、龍馬が蒸気船の船長——当時の言葉だと船将だったからではないかと推測している。

龍馬はこのときから二年前に勝海舟に弟子入りをした。剣術の弟子になったわけではない。蒸気船の航海術の弟子になったのだ。

それで、勝の船に乗せてもらいながら、龍馬は必死で勉強をした。

前に月村は川井綾乃にも語ったが、蒸気船を操るということは大変なことなのだ。蒸気船の構造、蒸気機関の構造、壊れたときの修理法、航海術、天文学、大砲の技術などさまざまな知識が必要になる。

龍馬はこれらを短期間に習得し、だからこそ海軍塾の塾頭にもなることができたのである。すでに船長として、何度も航海もしていた。

この蒸気船の船長だということは、どういう意味を持つのか。

蒸気船を使えば、大勢の兵士や多量の軍備を、短期間にA地点からB地点へと運ぶことができるのだ。また、いざ戦となれば、軍船として大砲をぶっ放し、敵に多大の被害を与えることができるのだ。

軍事同盟を結ぶ際に、そういう男があいだに立つことが、大きな力となるのだ。

だからこそ、浪人坂本龍馬は、あの重大な場所にいられたのだった。

では、それが中岡慎太郎だったら、あの場所にはいられなかっただろうか。

そこが、この中岡慎太郎本命説のカギになるはずだった。

4

夕湖と大滝は、京都に着くと、まずは鴨川に近い〈ホテル平安京〉に向かった。

ついこの前、夕湖が月村と泊まったホテルで、ここで現代の坂本龍馬コンテストもおこなわれた。

つい数日前のことなのに、夕湖は懐かしいような気持ちがした。

エントランスで大滝が、

「ひええ、豪華なホテルだなあ」

と言った。

たしかに、自費なら警察官はまず泊まれない。

大きなロビーを横切り、フロントの女性スタッフに、

「警視庁の者ですが、マネージャーは？」

と、大滝が訊いた。

「ご用件は？」

「殺人事件のこと。ぼくらも時間がないのでね」

大滝が低い声でそう言うと、すぐに裏に飛び込んで行き、マネージャーとともに出て来て、

「どうぞ、こちらへ」

と、後ろのスタッフ・ルームに通された。

小さな応接セットの椅子に座るとすぐ、

「こちらでおこなわれた現代の坂本龍馬コンテストで選ばれた男の子が、東京のホテルで殺されたことはご存じですよね？」

大滝が訊いた。

「はい、驚きました」

「それで、その前日、つまりこちらのホテルに出場者が宿泊したとき、裏の駐車場界隈に怪しい連中がいて、殺された剣ヶ崎明日に一喝されたそうですね？」

「そうなので？」

マネージャーは驚いた。

「知らなかった？」

「ええ。どこでそれを？」

「警察は情報の入手先を明らかにしませんよ」

「なるほど」

「あの会場をつくる準備をしていたスタッフが、たまたま見かけたそうですよ」

「そうでしたか」

「我々も、その人から直接、話を聞いてみたいのですがね」

「わかりました。きみ、道具係のところに行って、いまの話を知っている人を連れて来て」

と、マネージャーはいっしょにいたスタッフに呼びに行かせた。

「それと、裏の駐車場の防犯ビデオを見せてください」

「わかりました」

すぐに女性スタッフが動いて、五分ほどしたころ、ノートパソコンを持ってもどって来た。

大滝と夕湖が見やすいようにテーブルの上に置き、自分は床に跪くような姿勢で、

「イベントの前日の夜ですね」

と、画面をスタートさせた。

「十時過ぎくらいですかね」

大滝がそう言うと、そのあたりまで画面が飛ぶ。

十時ちょうど。

門の上のところから、駐車場全体がぼんやりと見えている。

スペースは空いていて、車の出入りはほとんどない。

すると突然、手前のほうを男の一団が通り過ぎた。暗いが、野球帽に黒いジャンパー姿というのはわかる。

「あ」

夕湖が思わず声を上げた。

「四人だな」

大滝が言った。

すると、また男たちが通った。

「新たに三人だ」

「計七人だね」

もう来ない。

「音、大きくできます？」

夕湖が訊いた。

「はい」

大きくなると、そのうちなにか怒鳴り声みたいな音が聞こえた。

まもなく、今度は逃げて行く男が映った。

二人しかいない。

「ほかにも出口は？」

と、大滝が訊いた。

「駐車場に出て来てしまうとないですが」

マネージャーが答えた。

「ないの？」

「ただ、塀はそう高くないので、若いやつなら乗り越えるのに苦労はしないでしょう」

「なるほどね」

「このビデオはコピーしてもらえますか？」

「これはもうコピーです」

と、ディスクを渡してくれた。

パソコンに入っていた銀座のホテルの画面と比べてみた。

「同じっぽいよね」

夕湖がそう言うと、

「ああ、同じだろうよ」

大滝は断言した。

「そんな簡単に言うな」

「おれは体格とか、咄嗟に判断できるんだぞ」

「そうかあ」

二人のやりとりをマネージャーが聞いて、かすかに微笑んだ。

「ちょっと駐車場の現場も見たいのですが」

大滝が言った。

「ご案内します」

「それと、このホテル全体の地図と、当日の宿泊者の名簿もお願いします」

「わかりました」

スタッフが準備してくれているあいだに、大滝と夕湖は裏の駐車場を見に行った。

ちょうど大道具の係の若者が呼ばれて来たので、いっしょに検分した。

「ぼくらは、こっちで見たんですよ」

と、若者はホールの裏口のほうに立ち、客室棟のほうを指差した。

三十メートルくらい離れている。

騒ぎはベランダ側の非常口あたりであったらしい。

「足跡、残っているかもよ」

「そうだな。鑑識、京都府警に頼むか？」

「わかった」

夕湖はすぐに警視庁に電話をし、京都府警から鑑識係員を寄越してもらうよう頼んだ。

5

一時間ほど京都府警の鑑識の仕事に付き合って、データの連絡を頼んでから、大滝と夕湖は、コンテストの主催者の事務局に向かった。

ホームページに寄せられた抗議のメールについて、投稿したコンテストの応募者について調べるというのも、出張のもう一つの目的だった。

事務局はすでに解散したはずである。

ただ、ホームページはそのまま残しておくよう、捜査本部からすでに依頼が行っているはずだった。

京都の目抜き通りである堀川通(ほりかわどおり)。

事務局が入っているのは、平安産業という会社のビルである。

「ほう」

ビルを見上げた大滝が、驚いたような声を上げた。

「どうしたの？」

「京都は景観保存のため、ビルに高さ制限があるんだけど、これはぎりぎりだろうな」

「なるほどね」

　ざっと見て十二、三階ほどだろう。幅も十分ある、堂々たる近代建築のビルである。

　受付に行き、

「現代の龍馬コンテストの事務局長の高瀬さんにお会いしたいのですが」

と、大滝が言った。

「高瀬は本日、出て来てないのですが、どちらさまで？」

「警視庁の者です。例の件で伺いたいことがあって」

「では、とりあえず元の事務局におつなぎします」

と連絡を取り、十階にある事務局へと案内された。

　海外部と書かれたフロアで、その片隅に壁で仕切られた小部屋が、その事務局だった。

　すでに仕事は残っていないはずで、なかに入ると女性スタッフが一人、大滝たちを迎えた。名刺には、「現代の坂本龍馬コンテスト事務局　宮田友里（みやたゆり）」とあった。もう四十近い歳に見えるので、ベテラン社員といったところだろう。

「高瀬さんは今日はもうこちらには？」

夕湖が訊くと、

「じつは、高瀬はショックで寝込んでしまったみたいでして」

と、自分も憔悴（しょうすい）した顔で言った。

「そんなに……」

無理を言って現場に飛び込んで来た、六十歳くらいの脂ぎった男の顔が浮かんだ。

「わたしではいけませんか？」

「いや、大丈夫だと思います」

むしろ、そのほうが話は早いはずである。

「宮田さんは東京にも行かれたのですか？」

夕湖が訊いた。女性相手なので、お前が訊けという感じで、大滝は軽く顎（あご）をしゃくっていた。

「いえ、わたしは行ってません。社長と秘書が二人、同行していました」

高瀬はこの平安産業の社長でもあるのだ。

「ずいぶん熱心だったのですね？」

「はい。かなり入れ込んでおりました」

「じつは、こちらのホームページを見まして、かなり激烈な抗議があったので、投稿した人の身元を調べたのです」

「そうですか」

「そのなかに二人、最終選考に残っていた人がいました。我々としては、落とされた恨みによる犯行という筋も考えましてね」

「誰です？」

「榎本悠太という人と、外国人の……」

「ドラゴンくん」

「ええ。この二人でした」

「そうですか」

「いちおうじっさいに会って、アリバイなどを確認しようと思いまして」

「ああ、榎本くんはたぶんアリバイは取れると思いますよ」

「え？」

「じつは、大阪出張所にいるうちの社員なんです。それで周りにそそのかされて出たらしいんですが、いざ落ちると凄くがっかりして、同僚たちと京都で残念会をしていましたよ」

「そうですか」

と、夕湖はちらりと大滝を見た。

「こちらにその残念会に出たという社員は？」

「います。呼びましょうか？」

「じゃ、あとでお願いします。それと、ドラゴンくんの住所を教えてください」

「わかりました」

宮田は名簿からドラゴン・ホースこと、サイモン・オドネルの住所と電話番号を抜き書きしながら、

「ドラゴンくんは面白かったんですけどね」

と、言った。

「あ、青い目の龍馬も面白かったかもしれないですね」

夕湖もうなずいた。

「なんか、一次選考からずうっと見てると、けっこう情が移ったりするんですよね」

「そうでしょうね。でも、剣ヶ崎くんのことはどう思いました？」

「ああなっちゃうと可哀そうですけど、わたしは最初からあまり買ってなかったんですよ」

「そうですか」

「今日はここにいませんが、もう一人の事務局の子も、剣ヶ崎くんはなんか調子良すぎるよねって」

「やっぱり。じつは、大学のサークルでもそういうことは言われてるんですよ」

「そうですか」

「そこらへんで、彼を恨んでいるような話は聞いてないですか？」

「直接には聞いてないですが、ただ、うちの社長はもの凄く買ってましたね」

「剣ヶ崎くんを？」

「ええ。年寄りには受けるタイプかもしれないですね。わたしたちスタッフは、ぜったい六堂くんで決まりだと言ってたんですよ」

「そうですか」

「彼、理系じゃないですか」

「そうでしたっけ？」

「はい。洛北大学の理学部の大学院生なんですよ。でも、海外にも研究でしょっちゅう行っていて、けっこう面白い研究してて、わたしたちは六堂くんは将来、ノーベル賞もらうんじゃないのなんて言っていたんですよ」

「へえ」

この人たちは、一次選考から最終選考まで何度も彼らと会ってきたのだろう。たしかに、贔屓の子ができたり、情が移ったりするのも無理はない。

「審査員も皆、年寄りばかりでしたからね。誰か、幕府が選んだとか書いてましたよね。あれってまさにですよ」

「……」

「女性の審査員も、あの華道の家元の方、若づくりしてますが、もう八十近いんですよ。あれは駄目ですよね」

宮田女史の悪口がなかなか止まらない。

夕湖は話をさえぎり、さっきの榎本悠太のアリバイを証明する社員を呼んでもらった。

6

榎本のアリバイは確かめられたので、次にドラゴン・ホースことサイモン・オドネルに電話した。

すると、いま、研究のため、京都市美術館に来ているので、そこまで来てもらえないかということだった。

さっそくタクシーで京都市美術館へ。

ここは文部科学省か、財務省かというような、凄い建物である。

京都は神社仏閣だけでなく、こういう文化的な建物も凄い。東京生まれの東京育ちである夕湖は、京都にはどうしても負けている感じがしてしまう。

ただ、月村から聞いたのだが、大阪の人というのは、けっこう京都の人間を馬鹿にするところがあるのだそうだ。

「コンプレックスなんかまったくないんだよ。なんか、京都の人間なんか、頼りにならない、時代遅れの公家（くげ）みたいな連中だって言うんだよね。大阪の人が負けていると思うのは、やっぱり東京なんだよ。だから、東京、大阪、京都って、三（さん）

竦(すく)みだよな」

月村はそんなふうに言っていた。

門の近くでもう一度、電話をすると、すぐに入口のほうから外国人の若者が歩いて来た。その姿を見て、

「あ、あれは違うな」

と、大滝が言った。

「違う?」

「あんな体格のやつは、防犯ビデオには映っていなかったぞ」

近づくにつれ、夕湖もそう思った。

とにかく背が高い。しかも、金髪のちょん髷。あれは、野球帽をかぶっていても、後ろからはみ出してしまう。

「警視庁の方ですか?」

やけに明るい声である。

「はい」

夕湖が答えた。

「やっぱり疑われたんですね?」

「覚悟してたの？」

「いや、知り合いに言われたから」

「なんて？」

「こんな投稿したら、ぜったい、警察から疑いをかけられるって。ぼくの投稿、見たんでしょ？」

「そう。でも、悪いけど、一目でわかった」

「なにが？」

「あなたみたいな体形の人は、映ってなかった、防犯ビデオに」

「そうなの。ぼく、一九五センチあるからね」

「そんなに」

「アリバイはないけど、ちょうどあの晩はアメリカの元カノと電話してたので、位置情報を調べてみてください。それで大丈夫だって、知り合いに言われた」

「ずいぶん捜査に詳しい知り合いがいてよかったね。じゃあ、忙しいところ、どうもありがとう」

　ドラゴンの調べはかんたんに終わった。

「どうする？」

と、夕湖は大滝に訊いた。

「だいたい訊いたか？」

「防犯ビデオの映像は東京に送ったから、分析の結果をこっちで待つ？」

「そうだな」

「やっぱりあの平安産業の社長は訊いておいたほうがよくない？　ごり押しで選んで、それが殺しの理由につながったかもしれないんだから」

「そうだな。社長の自宅は訊いてなかったな」

大滝はさっきの事務局に電話を入れ、

「二条城の西のほうだ。ここからだと、地下鉄の二条で降りたらいいらしい」

「あ、そう。地下鉄の東山駅がそっちだね」

と、歩き出したとき、

「あれ？」

聞き覚えのある声がした。

見ると、道路の向こう側に、なんと月村がいるではないか。

「なんだ、お前ら、待ち合わせか？」

大滝がムッとしたように言った。

「違うよ」

「凄い偶然だな」

大滝が嫌みっぽく笑った。

月村はまるで屈託ないようすで、道路を渡って来た。

「やあ」

「こんなところにいたの？」

「そこで調べものしてたんだよ。京都府立図書館」

月村が振り向いて指差したのも、やはりモダンな建物だった。

7

三人は西に向かう地下鉄の車両に座っていた。

夕湖と月村が隣り合って座り、大滝は少し離れて座った。

月村は、烏丸御池（からすまおいけ）という駅で乗り換え、今出川（いまでがわ）というところまで行くらしい。

ところが、烏丸御池の手前まで来たところで、人身事故があったらしく、電車が止まってしまった。

なかなか動かないので、

「図書館でなに調べてたの？」

と、夕湖は月村に訊いた。

「うん。龍馬暗殺に関して、面白い史料が出て来たので、その信憑性を探るため、ほかの史料を当たっていたんだ」

月村は嬉しそうに言った。

「へえ。面白い史料なの？」

「ああ」

「意外な犯人なの？」

夕湖も、いろんな犯人説があることくらいは知っている。

「犯人は意外じゃないが、目的がね」

「目的？」

「京都見廻組の狙いは、龍馬ではなく、中岡慎太郎だったという史料」

「それ、ほんとなの？」

「まだわからないけど、可能性はある」

「龍馬はとばっちりだったってこと？」

「そういうこと」

「中岡慎太郎のことって、あんまり知らないよね？」

「だろ。龍馬と同じく土佐の出身でさ。最初は土佐勤王党にいたんだ」

「うん」

その名前は聞いたことはあるが、訊き返さず、つづきをうながした。

「龍馬は勤皇思想はそんなに強くなかったけど、中岡はばりばりの天皇崇拝だったんだ。だから早いうちに公家たちとも接近して、信頼を得ていた」

「そうなんだ」

「龍馬は参加していない、長州と幕府の戦である禁門（きんもん）の変にも出て、怪我を負ったりした。龍馬は勝海舟の弟子だったくらいだから当然、開国派だよね。でも、中岡はばりばりの攘夷（じょうい）倒幕派だった」

「へえ」

「だから、薩長同盟という案は、なんとか幕府を倒すためというので、中岡のなかに自然に生まれてきたんだろうな。それまで同じ土佐出身でも別々の道を歩いて来た龍馬と中岡がこれで手を結んだのさ」

「だったら、幕府にとっても、龍馬以上に憎い相手だったんだろうね」

「表向きね」

「表向き？」

夕湖が訊き返したとき、がたんと音がして、電車が動き出した。

静かだった車内に、電車が立てる騒音が満ちた。

「ぼくは次、降りる」

「うん」

すると、月村は夕湖の耳に口を寄せ、

「もしかして、そっちの龍馬暗殺も、中岡慎太郎が本命ってことはないよね？」

と、言った。

第五章　京都の実力者

1

地下鉄の二条駅を出ると、駅前はなんだか東京の郊外みたいだった。

夕湖は立ち止まって、

「あり得るかも」

と、言った。

「なにが？」

「いや、中岡本命説」

「なんだ、それ？」

「剣ヶ崎明日が殺され、六堂禅一郎が大怪我を負ったけど、わたしたちは龍馬暗殺が頭にあるから、てっきり剣ヶ崎が狙われたって思ってしまうよね」

「そりゃそうだ」

「でも、ほんとに狙われたのは、六堂禅一郎のほうなのでは？」

「ほう」

「ちょっと吉行さんに電話してみる」

と、夕湖は車の音から遠ざかるように、横道に入って電話をかけた。

携帯にかけたが、吉行はすぐに出た。

「おう、上田か。まだ、そっちの防犯ビデオの映像は分析中だぞ」

後ろのほうで、「もうちょっと明るくならないのか」という声がしている。じっさい、捜査本部で作業中らしい。

「そのことじゃありません。ちょっと気になることが出て来まして」

「なんだ？」

「じつは……」

と、中岡本命説を語った。

「なんだと？　そういう話が出たのか？」

「まだ具体的ではないんですが、そっちも当たってみたいと思いまして」

「なるほど。じつはな、こっちでもちょっと気がかりがある」

と、吉行は言った。

「なんでしょう？」

「六堂はまだ集中治療室にいるんだが、昨夜、病院に怪しいやつがいたらしい」

「怪しいやつ？」

「看護師が夜中に見かけたそうなんだ。集中治療室のほうに行こうとしていたので、声をかけると、親戚が事故で運ばれたって聞いたのでとか言って、いなくなったらしい。だが、昨夜は事故で運ばれた患者はいないし、そいつは野球帽を深くかぶっていたらしい。いま、病院の防犯ビデオもチェックしているところだ」

「へえ」

「お前の説が当たっていたら、まずいな」

「まずいですよ」

「ちょっと大滝と代わってくれ」

夕湖は大滝にスマホを渡した。

「はい。え？　おれ一人で？　上田を一人で京都に置くんですか？」

大滝は呆れたように言った。

どうも、吉行が大滝にもどれと言ったらしい。

「それはまずいでしょうよ。え？　名探偵？　ええ、京都には来ていて、さっき偶然に会いましたけど。え？　ボディガード？　いやあ、そんなに頼りになるような男には見えませんよ」

月村のことを言っているらしい。失礼ではないか。弓と槍の達人だぞと言ってやりたい。どっちも持って来ていないけど。

大滝は、スマホを夕湖に返し、

「おれ一人で帰って来いとさ」

と、言った。

「もしもし」

夕湖が代わった。

「ああ、いま、大滝に言ったんだが、六堂を守るのに大滝がいたほうがいい。築地署からも人は出すが、なんせ、相手は七人いるかもしれないんだからな」

「はあ」

「そっちは、今日一日じゃ終わらないだろう？」

「それはまだ、なんとも」

「お前一人というのはやっぱりまずいから、とりあえずおれがそっちに行くわ」

「そうなんですか？」

「大滝はすぐに東京にもどしてくれ」

「わかりました」

大滝を見ると、

「まったくしょうがねえよな」

と、すぐにタクシーを拾った。

見送って、夕湖は言った。

「じゃあ、吉行さんが来るまで、わたし一人で動いておくか」

2

月村は、西陣にある梅すずの家までやって来た。

どうしても中岡慎太郎本命説を書いてみたくなった。ただの珍説ではない、意外にリアリティのある説になるかもしれないのだ。

日記にはあのほかにも奇妙な記述があり、鳥羽伏見の戦いの前に、梅きちのと

ころに来た桜井が、

「あの一件は、佐々木さんの私怨だ」

と、言ったらしいのだ。

その佐々木が、佐々木只三郎だとしたら、どんな私怨だったのか。

佐々木只三郎は、幕末に風雲を呼び込んだ一人、清河八郎を暗殺した人物である。清河には死後も信奉者がいたので、そっちからの怨みもあるだろう。

また、佐々木は京都では北野天満宮のそばの北野観音寺を宿所にしていた。まさに上七軒の近くである。

そして、上七軒の茶屋で鍵屋の女将から、店で乱暴をした幕府の歩兵を取り鎮めてくれと依頼され、見廻組を出動させたこともある。このときは、歩兵の怨みを買い、宿所に銃弾を撃ち込まれたりした。

一方、北野天満宮と太宰府天満宮は、菅原道真つづきで当然、縁があるが、太宰府の天満宮は三条実美ら五卿と呼ばれる公家が避難していたところである。中岡慎太郎はここに何度も出入りし、公家たちの信任を得ていた。

天満宮同士は、当然、連絡をつけ合っていただろうから、そちらでなにか揉めごとが起きていたことはないか。

このあたりは、まだまだ調べが必要だった。

いずれにせよ、中岡本命説を打ち出すためには、梅すずの高祖母の日記を公のものにする必要がある。

それで先ほど梅すずに電話をしてみたのだ。

「ああ、公表すると怒られるかも」

と、梅すずは心配そうな声を出した。

「そうか」

月村は申し訳ない気分になった。

「でも、月村はんは価値があると思わはったんどすな」

「うん。そう思うよ」

「では、家に来て、月村はんから母に頼んでみてください」

「わかった」

ということになったのである。

「あ、ここだ」

電話で聞いたところでは、梅すずの母・民子(たみこ)は、ワンルームマンションを経営しているらしい。

祖母の代からのものだそうで、最初は下宿屋で、一階のほうで煙草屋をしていたという。だが、下宿というかたちで借りる学生は少なくなり、母の民子が建物を建て替えて、ワンルームマンションにし、退屈しのぎができるよう、一階の煙草屋だけは残したとのことだった。

たしかに、煙草屋からは通りのようすがよく見えて、ぼんやり見ているだけでも面白そうである。

だが、このマンションも古くなったので、今度は十階建てのマンションに建て替えるのだという。外から見る分には、月村の八丁堀のビルより充分新しいのだが。

玄関のブザーを押すと、すぐに梅すずが出て来て、奥にいざなってくれた。

六畳の居間で、音を低くしてテレビがつけっぱなしになっていた。ワイドショーで、あの現代の坂本龍馬暗殺を取り上げていた。

母親の民子は、それを一生懸命見ていたらしいが、

「わざわざ、申し訳なかったですね」

と、笑顔を見せてくれた。

怒っているると思っていた月村は少しホッとした。

「梅すずさんからお聞きになっていると思いますが、梅すずさんの高祖母である梅きちさんの日記をぜひ、公開させていただきたいと思いまして」

　月村はさっそく、用件を切り出した。

「あんなん、世のなかに出して、なにかお役に立つんですか？」

　と、民子は不満げに言った。

「ええ。坂本龍馬の暗殺に、新たな光を投げかけられるかもしれないのです」

「ほんまどすか？」

「ちょっとはっきりしない面もあるのですが、ただ、こうした史料を表に出すことで、今度はそれを裏付ける史料が出て来たりするんです。だから、ぜひ」

　月村は頭を下げた。

　だが、民子は心底困ったという顔で、

「勘弁してください。公表したら、そのことだけでなく、ほかのところもぜんぶ読まれるわけですよね」

　と、言った。

「それは……」

　どうしてもそういうことになる。

抜粋だけすると、信憑性が疑われる。そういう例は、ときおり出て来るのだ。贋作臭い史料だと、とくにそういうことがあるが、そうなると、結局、詐欺師扱いされて終わる。

「駄目です。困ります」

民子はきっぱりと言った。

「お母はん」

梅すずが怒って、母を睨んだ。

「嫌や。それに、あんたかて、ぜったい困ることになるで」

「なして？」

「だって、あんた、そんな先祖代々、舞妓の血筋なんて娘を、まともな男はんが嫁にもらいますかいな」

「あたしのため？」

「もある」

民子は、それ以上は言いたくないというようにそっぽを向いた。

たしかに民子が言うこともわかるのである。

梅きちの日記には、水揚げのことなども詳しく書いてあったし、好きな旦那にふられたあと、梅きちの生活が乱れたりもした。

子孫としては、そういうことを読まれるのは嫌だろうし、ましてやいまも同じ商売をしているのである。

「お気持ちはわかります。ぼくも急ぎませんので、ぼちぼちお考えください」

月村はいったん引き下がることにした。ほんとに怒らせて、あの史料を破棄でもされたら、とんでもないことになる。

「そら、まあ、捨てたりはしませんが」

そう言った民子は、ふいにつけっぱなしになっていたテレビの画面を指差して、

「あの殺された剣ヶ崎明日くんな」

と、言った。

「え、お母はん、知ってはるの？」

梅すずが訊いた。

「うちの友だちやった芸妓の子どもや」

「そうなん」

梅すずも初めて聞いたらしく、大きく目を瞠った。

「お父はんは、高瀬さんといって、京都の経済界の実力者や」

「ふうん」

「この現代の坂本龍馬を選ぶっていうイベントでも、会長はんをやらはっていたはずやで」

これには月村も驚いて、

「そうだったんですか？」

と、思わず訊いた。

「ないしょに願いますえ」

「はあ」

「表立ってはなにもしてやれんから、ああして陰から応援してやろと思わはったんやろな」

「ははあ」

「うちらの仕事には、そういうことも多いんやで」

ちょっと脅かすように、民子は言った。それを月村にも聞かせたくて、高瀬のことも打ち明けたのだろう。

やっぱり一見さんお断わりの、微妙な世界なのだろう。

詰めて、ほかの手を考えることにした月村だが、家を出るとすぐ、夕湖にメールを送った。

出どころを教えるつもりはないが、殺人事件の捜査にからむ話なのだ。

3

夕湖は二条駅から徒歩十五分ほどのところにある高瀬社長の家を訪ねていた。

凄い豪邸だった。

『縄文の家殺人事件』のときも豪邸に住む人たちが関わっていたが、こっちのほうが豪華さでは上回るだろう。

玄関口に出て来た女性に、警視庁の刑事だと名乗ると、門前払いはできないのだろうが、困った顔で、

「じつはいま具合が悪く、お医者さまに来ていただいているところでして」

と言い、とりあえず玄関わきの小部屋に通された。

応接間の控えといった部屋らしいが、それでも六畳間より広い。

ここからは玄関の右手にある南向きの窓が見えた。

枯山水（かれさんすい）の庭である。

有名な龍安寺の石庭には、一度しか行ったことはないが、あそこよりずっと広い気がする。こういうのは、広ければいいというわけではないだろうが、それにしても凄い。石なんかもどーんと大きくて、砂は真っ白で、豪華な、枯れていない枯山水。

やっぱり月村の家の庭のほうがいいと思ってしまう。

さっきとは違う女性が入って来て、

「もう少々、お待ちください」

と、抹茶を出された。

この茶碗（ちゃわん）がまたなにやらゆかしげで、うっかり落とそうものなら、

「あ、国宝が」

とか言われそうな気がする。

そのうち、奥のほうから声がして来て、玄関のところで話をし出した。

「入院させなくていいでしょうか？」

女性の心配そうな声がした。

「大丈夫でしょう。この前、人間ドックに入られてますね」

答えたのは往診に来たらしい医者だろう。

「ええ。毎年、入ってますので」

「それを見せてもらいましたが、とくに異常はありません。かなり詳しくチェックしていますから、あれで見つからない病気はないでしょう。いまも、ざっと見て、脳の機能にも、心臓の音にもおかしいところはないです」

「そうですか」

「なにか精神的にショックなこととかは？」

「仕事でなにかあったのかもしれません。仕事の話は家ではしないので、わたしはわからないのです」

「家でゆっくり休ませてください」

医者はそう言って、帰って行った。

本当に具合が悪いらしい。

夕湖も気は引ける。

どうしようと迷っているところに、月村からメールが来た。

「え？」

目を瞠った。

「殺された剣ヶ崎明日は、高瀬正之氏と芸妓のあいだにできた子どもらしいよ」

とあるではないか。

やはり、当人の話を聞かざるを得ない。

「お会いするそうです。どうぞ、こちらへ」

出入り口ではないほうのドアを開けると、巨大な応接室が広がっていた。

なかには誰もいない。

五十畳くらいはあるのではないか。

そこへ、豪華な応接セットがどかーんという感じで置いてある。

こんなところに一人で座ると、孤独感に襲われそう。

革張りのソファは、ニューヨークの五つ星ホテルにでも来たみたいで——行ったことはないが——、思わず足を組みたくなってしまう。

少しして、

「お待たせしましたな」

と、高瀬正之が現われた。

秘書のような男性が付き添おうとすると、

「いい。わたし一人で」

と、席を外させた。

「わざわざ東京から？」

高瀬が疲れた声で訊いた。

数日でげっそりやつれていた。だが、月村のメールが事実なら、これも意外ではない。

「はい。捜査は進んでいますので、ご安心ください」

「なんとか捕まえてやってください」

「我々は犯人を逮捕するため、いろんな可能性を考えなくてはなりません」

「そうでしょう」

「たとえ関係なさそうでも、意外なつながりが見えて来たりもするからです」

「なるほど」

「伺いにくいこともお尋ねしますが」

「なんでしょう？」

「剣ヶ崎明日さんは。高瀬さんのお子さんだったのでしょうか？」

夕湖が尋ねると、

「どこでそれを？」

高瀬はぽかんと口を開けた。

よほどの秘密らしい。では、月村は誰から聞いたのだろう。

「わたしたちは警察ですよ」

「恐れ入ったな」

「そのため、剣ヶ崎くんを現代の龍馬に選ぶため、けっこう強引なこともなさいましたよね？」

「したかもしれません」

と、高瀬はうなずいたあと、ハッとした顔になって、

「まさか、それが殺される理由に？」

と、怯(おび)えたように訊いた。

「それはわかりませんが」

「そうだな。あいつが現代の龍馬になれば、テレビ界でも活躍できたかもしれないし、わたしのほうの業界でも役に立つことはあっただろう。なんとか活躍の場を与えてやりたかった」

「それで、かなりのごり押しもなさったわけですか」

「それで恨まれたわけか。わたしが玥ヨを殺したってことか」

「ですから、そこはわからないんですよ。じつは、本当に狙われたのは、剣ヶ崎

くんじゃなく、現代の中岡慎太郎に選ばれた六堂禅一郎くんじゃないかという見方も出て来ているのです」

「なんだって?」

「これはまだ、確実ではありません」

「そうか。どちらにせよ、あんな催しなどしなきゃよかったということか」

高瀬社長はぼんやりと、潤いに乏しい庭を見やった。

4

夕湖は高瀬の家を出るとすぐ、月村に連絡した。メールをすると、声の電話がかかって来た。

「やあ、夕湖ちゃん」

「あたし、相棒が急に東京にもどされて、一人になっちゃったの」

「あ、そうなの」

「けっこう近くにいるね」

スマホで確かめると、月村との距離はほぼ一キロだった。

「会おうか？」

と、月村が訊いた。

「いいよ」

「どこで？」

「お互いを目指して歩く？」

と、夕湖は言った。七、八分で行き合うだろう。

「でも、ここらはただの住宅街だぞ。つまんないから、タクシーを拾って、京都御苑の堺町御門で待ち合わせよう」

「堺町御門ね。わかった」

すぐに車を拾う。

夕湖のほうが先に着き、まもなく月村もやって来た。

「なんか、この前のつづきみたいね」

と、夕湖は言った。

「泊まるの？」

月村が訊いた。

「わかんない。あとで吉行さんが来るんだよ」

吉行と月村は何度も会っている。

「そうなのか」

「ねえ、京都御苑と京都御所って違うの？」

門を見ながら、夕湖が訊いた。

「いや、御苑のなかに御所があるんだよ」

「そうなんだ」

月村が歩き出したので、夕湖もつられて歩き出す。

すぐに池のあるところに出た。

「あ、いい感じ」

ちょっとした日本庭園になっていた。

町の喧噪のなかにある門を入るとすぐ、こんなきれいな庭園が市民に開放されているのだから、やっぱり京都は凄い。

「ちょうど高瀬正之社長の家にいたんだよ」

橋の上で夕湖は立ち止まって言った。これくらいは、捜査上の秘密ではない。

「そうだったの？」

「訊いたら白状した」

これは捜査上の秘密かもしれないが、そもそも月村が教えてくれたのだ。

「へえ」

「月村くんは、誰に聞いたの？」

「悪いけど、それはちょっと言えない」

夕湖も無理に訊いたりはせず、

「でも、それと殺された理由は関係あるのかな。あるとしたら、高瀬氏への恨みも調べなきゃね」

と、言った。

「うん。でも、高瀬さんの恨みをわざわざあんなかたちで晴らすというのは変だけどね」

そう言いながら月村はカメラを出し、池のなかにいる鳥を撮影し始めた。

「そうだよね。でも、中岡本命説はあるかもよ」

「やっぱり？」

ファインダーをのぞいたまま、月村は言った。

「やっぱりって、なにか根拠はあったの？」

「夕湖ちゃんがわざわざ京都まで来てるくらいだから、犯人の目星がついてないんだろ。そしたら、もしかして龍馬暗殺に幻惑されちゃって、狙いは龍馬のほうと決めつけてるのかなと思ったのさ」

「鋭い」

「それで、いまから誰だっけ、現代の中岡慎太郎？」

「六堂禅一郎」

「六堂くんの身辺を洗うんだ？」

「そうすべきだよね。しかも、昨夜、集中治療室にいる六堂くんの周辺に、怪しいやつがいたんだって」

「まずいねえ」

「それで捜査本部に言って、警戒を強化してもらうことになったの」

「だから、さっきのカレが呼びもどされたんだ？」

「そういうこと」

大滝が元オリンピックの金メダル候補だったことは、月村ももちろん知っている。

「だったら、いまから洛北大に行くのか」

「月村くんはどうなってんの？」

「中岡本命説に迫りつつはあるんだけど、ちょっと壁に当たったとこ」

「突破できそう？」

「どうかねえ」

そう言いながら、月村はカメラを京都の空に向けた。こういうところを見ると、自分の仕事に比べてのんき気なものだなあと、羨ましく思う。

「いっしょに行く？」

夕湖は誘った。

「ぼくも？」

「洛北大って観光名所にもなってるんじゃないの？」

「そうだな。夕湖ちゃんが尋問しているあいだ、ぼくはキャンパスを散歩でもするか」

5

六堂禅一郎の洛北大には、御所の前から地下鉄で向かった。

門のあたりから、すでにドラマなどで見覚えのあるキャンパスが広がっている。

まずは、大学の事務局へ。

警視庁の者だと名乗って、六堂禅一郎が所属する大学院の研究棟を教えてもらった。

研究棟は、古い明治ふうの、煉瓦造りの建物だった。

そのなかの微生物研究室というところに所属しているらしい。

それを月村に言うと、

「洛北大の微生物研究室というと、京極孝則先生のところじゃないか」

「有名なの？」

「ああ。よくテレビにも出るし、世界的な発見とかもしている人だぞ」

月村はネットで確かめると、

「やっぱりそうだ」

と、言った。

「じゃあ、人も大勢いるのかな」

「うーん、それはわからないなあ」

月村も研究棟のところまでいっしょについて来て、入口のところで、

「ぼくはこのへんで待ってるよ」

と、言った。

研究棟の表示を見ると、微生物研究室は二階になっていた。夕湖は階段で二階へ上がった。

まっすぐに廊下が延び、小さい部屋がたくさんあるらしい。

手前のドアには、〈微生物研究室A班〉と表示が出ていた。そこを開けると、真ん中に机があり、試験管やビーカーが目立ち、小さな理科室のようになっていた。ただ、理科室と違うのは、大きな機械もいっしょに並んでいることだった。

「六堂禅一郎くんは、こちらの研究員ですか？」

手前でパソコンに向かい合っていた女性に訊いた。

「あ、いえ、六堂さんはたしかD班です」

「どうもすみません」

まっすぐ進むとD班のドアがあり、ノックしてなかに入った。

ここも同じような部屋だが、さっきよりは全体がすっきりしていた。

なかで四人ほどが、それぞれパソコンに向き合っている。

「六堂禅一郎くんは、こちらの班ですね？」

手前の、白衣を着た男性に訊いた。

「あ、はい」

「警視庁から来た者ですが、お話を伺いたくて」

「話？」

　ちょっとぼんやりした顔で訊き返した。研究者には、こういうタイプが多そうである。

「六堂くんというのは、どういう人です？」

「あの、大学の許可はもらってます？」

「もらってきました」

「ああ。六堂は優秀ですよ」

「優秀というのは、具体的にはどういうことです？　成績とか？」

　夕湖がそう訊くと、

「いや、成績というよりは、論文の評価とかです」

「ここではおもにどういう研究を？」

「持って来ましょうか？」

「ええ、お願いします」

　その男性は、書架のところに行き、薄い雑誌みたいなものを何冊か抜き出し、次にコピーを取って、夕湖のところに持って来た。

「これが六堂の書いた論文ですよ」

「あ、どうも」

日本語のものが二編、英語のものが二編ある。

「これは英訳したものですか？」

「いや、ぜんぶ、別なものですよ」

ちらりと日本語のほうのタイトルを見ると、〈琵琶湖内における真核微細藻類の原核生物群への影響について〉とある。

——なんのこっちゃい？

思わず内心でつぶやいてしまう。

研究面を突っ込むのはやめにして、

「性格はどういう感じでしょう？」

と、訊いた。

「真面目なんじゃないですか？」

応えている男は、ほとんど表情が動かない。

「なるほど」

「ただ、あんまりプライベートの付き合いはしないんですよ、ぼくらは」

「そうなの。彼が、現代の坂本龍馬コンテストに出ていたのは知ってました？」

「いや、知らなかったです」

「六堂くん、言ってないんだ？」

「言いませんよ、そういうことは」

「ふうん。六堂くんは、モテるでしょ？」

「さあ」

「カノジョとかはいなかった？」

「知りませんよ。だから、ここはプライベートの付き合いはあまりないんですよ」

「そうなのね。すみませんが、お名前、教えてもらえる？」

「高畑（たかはた）ですが」

「高畑なに？」

「求馬（きゅうま）です」

字がわからないので、書いてもらった。

「でも、六堂くんが怪我したのは知ってるよね」

「それは知ってますよ」

「六堂くんが怪我した晩、ええと三日前かな。高畑くんはどこにいました？」

「ここの研究生の横山くんのマンションで飲んでましたけど」

「プライベートの付き合いはしないいんじゃないの？」

「え？」

「でも、飲むんだ？」

夕湖がそう訊くと、高畑はムッとしたように、

「気の合うやつとは飲みますよ」

と、言った。

次の人に訊こうと周囲を見回すと、さっきはあと三人いたのが、いつの間にか誰もいなくなっていた。

6

月村は、研究棟の前にあるちょっとした公園のようなスペースのベンチに腰をかけていた。

落ち着きのあるいいキャンパスだった。

静かで、のんびりして、いかにも浮世離れしている。

だが、そう思うのは、すでに卒業したり、離れてしまったりしたからかもしれない。もしも、まだ研究棟に通う境遇なら、のんびりだとか、浮世離れとかいった感想は、ずいぶん頓珍漢なものに思えるだろう。

大学の研究室というところは、社会とはまた違う、過酷な環境なのだ。

研究者同士は、当然、ライバル関係にある。誰がいい論文を書いて、先に博士号を取れるか。その競争は、受験のときより激しい。その後の人生を絵に描いたようにはっきりと、分け隔ててしまうのだ。

月村も、そんな場所にしばらく身を置いたことがあった。

そして、嫌になり、そこから脱落した。

だが、同期にも勝ち残った者はいる。

R大学の講師、園部学である。

あの男の厳しい面当てには、ほとほと嫌気が差したものだった。

だが、いまとなってはさほどの怨みはない。それどころか、懐かしささえ感じたりもする。離れてしまうと、園部の優秀なこともわかるし、愛すべきところがあることもわかってきたりする。

その、かつてのライバルである園部に電話をしてみた。

「なんだ、月村かよ」

と、園部がすぐに出た。

「いま、ちょっと幕末物をやってるんだけどさ」

「また、マスコミの軽い仕事でか」

「まあな」

「ご苦労なこった」

「それで、思い出したんだけどさ、そういえばお前は、新選組とか見廻組とかが好きだったよな?」

それも熱狂的なマニアだったはずである。

「それは学問じゃないぞ。若いときの趣味としてな。ああ、高校のときから趣味で調べていたよ。新選組、見廻組、新徴組(しんちょうぐみ)、彰義隊(しょうぎたい)」

「なるほどな」

よほど殺伐とした気分だったのではないか。

だが、この男の知識は、本当に半端じゃないのだ。

「どうせお前は龍馬派だろ」

と、園部は鼻で笑うように言った。貴公子然とした顔が目に浮かんだ。

「まあね。ところで、佐々木只三郎は知ってるか？」

月村はさりげなく探りを入れてみた。

「当たり前だ。会津から出て、幕臣の養子になった。清河八郎の暗殺と、龍馬暗殺と二つの暗殺に関わった幕末屈指の剣客だぞ」

「まあな。だが、佐々木只三郎と中岡慎太郎の縁について知ってるか？」

月村がそう言うと、少し間があって、

「お前、それ、誰に聞いた？」

と、言った。

「いま、京都に来ててな」

「あ、わかった。祇園で聞いたんだろう」

「いや、ぼくは上七軒のほうだ」

慎重に話を合わせた。園部はなにか知っているらしい。

「なるほど。そっちにも伝わっていたか」

「よほど怨んでたのかね」

「それはそうだろう。佐々木只三郎は、会津の精武流という剣術の達人だ。それが、ほかの見廻組もいたところで、中岡を倒せなかったんだからな」

「まあな」

と、月村はしらばくれた。

佐々木只三郎と中岡慎太郎が、直接、戦ったことがあったのか。それは知らなかったし、そんなことを書いた史料も見たことがない。

「中岡もやるんだよな」

と、園部は言った。

「武市半平太直伝だからな」

「まあな。お前は文字の史料で見たのか？」

と、園部は訊いた。

「あの時代のはないだろう。聞き書きしかない」

「そうなんだ。だが、何人も聞いたみたいなんだよな」

「近くまで行っているのは確認できるんだよな」

と、月村は言った。いったい、いつ、どこで佐々木と中岡が戦ったのか。

「近くまでな。佐々木はいったん竹田河原のほうに向かったんだが、御所のほうが騒がしいので引き返し、五条通の東洞院あたりで、長州兵と戦ったんだ」

「ほう」

この話で、禁門の変のことだとわかった。

失地回復を目指した長州藩と、排除しようとする会津藩とのあいだで、市街戦がおこなわれた。またの名を、蛤御門の変。

この戦いで、京都の町の多くが灰燼に帰したのである。

「中岡は……」

度忘れしたらしい。

だが、そこは今日、調べたばかりのところである。

「中岡のほうは、長州遊撃隊の来島又兵衛軍といっしょに嵯峨のほうから中立売門のほうに来て、そこで流れ弾に当たり足を怪我したんだ」

と、月村は言った。

「そうそう」

「だが、中岡は逃げずに、逆に敵中に紛れ込んだんだ」

怪我はさほどでもなかったのだ。

「ああ、大胆なところは龍馬といっしょだ」

「それで、ええと中沼塾といったかな。中岡はそこに通っていたから、その近くの知人のところに逃げ込んだ。中沼塾は、烏丸(からすま)通の竹屋之町(たけやのちょう)下るかな」

月村は言いながら、京都の地図を広げた。

なるほど、東洞院通とはすぐ近くだった。

たしかに、これだと佐々木只三郎と中岡慎太郎がかち合っていてもおかしくはない。

「そうそう。史料でもやっぱりすぐ近くまで来てるんだ。あれはほんとの話だな」

と、園部は言った。

「そうだな」

「それで、あとになって、京都見廻組もたいしたことがない、新選組に比べたら、ろくな活躍もできないわけだと、中岡が言っていたと聞いたら」

「そりゃあ、怒るわな」

と、月村はつづけた。

「剣客というのは、侮辱されるのがいちばん嫌なんだ」

「まあな」

それはいちがいには言えない。龍馬も剣客だが、侮辱に対しても寛容だった気がする。

ただ、桜井があれは佐々木の私怨だと言ったのは、まさにそのことだったのだ。その怨みのため、近江屋ではあれだけ何度も斬り刻むような仕打ちになったのだろう。

「そんなこと書くのか？」

と、園部が訊いた。

「迷ってるけどな」

「京都花街に伝わる幕末の噂話ってか。お前の書くものは想像がつくぞ」

「鋭いねえ」

と、月村はにんまりした。

「だが、つまらぬ話だろうが」

園部は、それが龍馬暗殺の原因になったとまでは思っていないらしい。そこは、梅きちの日記を見ないとつながらない。

「お前は幕末のことは書かないのか？」

と、月村は訊いた。書くつもりなら、ちょっと後ろめたい。

「あれは趣味でやっていたんだ。チャンバラ作家が書くようなことを、おれがいまさら書くわけないだろうが」

「そりゃそうだな。じゃあ、またな」

「ああ。たまには顔出せよ」

園部はそう言って、電話を切った。

――やった。

月村は座りながら小躍りした。

まさに中岡本命説はつながったのだった。

第六章　謎解きの宴

1

月村がベンチに腰かけていると、思ったよりも早く用事を終えたらしい夕湖が、すぐに月村を見つけて近づいて来た。

「どうだった？」

と、月村が訊いた。

夕湖は月村の隣に座り、

「六堂くんは優秀だって。でも、プライベートはよく知らないんだって。論文もらって来ちゃった」

と、コピーを月村に見せた。

だが、月村はタイトルをちらりと見て、

「なるほど」

と言っただけで、すぐに夕湖にもどした。数字のデータがほとんどで、理科系の論文は読みにくいことこの上ない。

「研究室って、陰気なところなんだね」

と、夕湖は言った。

「ああ、そう？　いちがいには言えないんだろうけどな」

とは言ったが、月村も同感ではある。

「ほかの人にも訊きたかったけど、一人の話を聞いているうち、いなくなっちゃった」

「いなくなった？」

逃げたのではないのか？

「怪しい？」

「うん」

「そういえば、いなくなったうちの一人は、眼帯をしてたような気がする。殴られた痕かも」

「研究室には何人いたの？」

「六堂くんはＤ班というところで、ほかに三人いたかな。机はぜんぶで五つあったね」

「なるほど」

「一人の話だけじゃわかんないよねえ」

夕湖は聞き足りないらしい。

「洛北大っていえば、ドラゴン・ホースも洛北大だったよな」

月村は思い出して言った。

「あ、あたし、月村くんと会う前に、ドラゴンくんと会っていたんだよ。知り合いに疑いをかけられるって言われたと言ってたけど、それって月村くんのこと？」

「あ、そうそう」

「なんだ。捜査に詳しい知り合いがいてよかったねとか、嫌み言っちゃったよ」

「あはは。でも、あいつだったら、こちらの噂も聞いてるんじゃないの？」

「そうかな」

「訊いてみたら？　電話しようか？」

「うん」

月村はすぐに電話をした。

「ああ、月村さん」

龍馬らしくないのんびりし過ぎている声がした。

「いま、どこ?」

「大学の学食だけど。山菜そば食べてた」

アメリカ人には似合わないものを食べている。

「理学部の研究棟の前にいるんだ。ちょっと訊きたいことがあるんだよ」

「じゃあ、すぐそこに行きますから」

五分もしないうちにドラゴンはやって来たが、月村と夕湖がいっしょにいるのを見て、

「あれ? え? 警視庁の刑事さんだよね?」

目を丸くして訊いた。

「さっきはどうも」

と、夕湖は軽く頭を下げた。

「あ、なんだ。知り合い同士だったんだ」

「うん。それで、怪我をした六堂くんのことを訊きに来たけど、同僚がいないん

だって。ドラゴンはなんか噂とか聞いてない？」

　と、月村が訊いた。

「ああ、ぼくもけっこう情報収集はしてるんだけどね。院はまた別だから、皆、あんまり知らないいんだよ」

「そうか」

「でも、微生物研究室なんだよね、六堂くんは？」

「そう」

「あそこは変な人が多いらしいよ」

「変な人？」

「どぶろくって言うの？」

「ああ、密造酒」

「それつくったり、変なチーズつくったり」

「なるほど。あれも微生物か」

「カビだらけの人とかもいるらしいよ。だから、女の子にはモテないって。六堂くんは異色だよね」

「そうか」

やはり、ドラゴンも詳しくは知らないらしい。

するとドラゴンはふいに月村をつついて、

「月村さん。舞妓遊び楽しかったねえ」

「ん、ああ」

月村は、しまったという顔で夕湖を見た。

「え、なに、いま、舞妓遊びって言った？」

夕湖が月村に訊いた。目が笑っていない。

「いや、言おうと思ってたけど、機会がなくて」

「舞妓を呼んだの？」

「そうなんだ」

「一見さんは駄目なんじゃないの？」

「それが、たまたま知り合った舞妓はんで」

「あ、あの人、たまたま知り合ったんだ？」

と、ドラゴンが意外そうに訊いた。

「そうだよ」

「ぼくにてっきり前からの知り合いなのかと」

「ああ、そうなんだ」

と、夕湖は変に感情のない声で言った。

「いやいや、ほんとなんだって」

「そんな、慌てなくてもいいいんじゃないの」

「慌ててなんかいないよ」

この二人のやりとりに、ドラゴンはやっと気がついたらしく、

「え？　お二人は付き合ってるんだ？」

と、言った。

「そう、付き合ってるんだよ。だから、そういう話はちゃんとしたかったのに、ドラゴンがいきなり言うもんだから」

月村がそう言ったとき、携帯が鳴った。

なんと、梅すずからである。

慌てて電話を隠すように出ると、

「あ、月村はん。さっきはお母はんが、むげに断わってしまってごめんなさい」

「いや、いいんだ。なんとかうまい手を考えるから」

「お座敷、また来てくださいね」

「うん、ありがとう」

電話を切ると、夕湖がじいっとこっちを見ている。

「なに？」

「いま、見えた。梅すずって」

「あ、そう。う、梅すずちゃんからだった」

なんにも後ろめたいことなどないのに、言葉に詰まった。

「……………」

夕湖は刑事の目になっている。

ドラゴンは知らないふり。

「六堂くんも嫉妬がらみかな」

と、夕湖が言った。

「え？　嫉妬？」

月村とドラゴンは顔を見合わせた。

2

「たしかに嫉妬というのは、大きな要因になっている気はするなあ」

と、月村は言った。

「でしょ？」

夕湖はようやく笑顔を見せた。

「でも、コンテストで選ばれたことへの嫉妬なのか。それともほかになにかあるのか。夕湖ちゃん、事務局のデータを探るべきなんじゃないの」

「そうか。じゃあ、もういっぺん、行こうか」

「それがいいよ」

「月村くんだとうまく訊き出してくれそうだけど、まずいよね」

「刑事といっしょに探るのはまずいよ」

するとドラゴンが口を挟んだ。

「月村さんが同席したいなら、ぼくといっしょに雑誌の取材ってことで入れば？

ぼくは事務局の人たちをよく知ってるよ」

「あ、それはいい。そうしよう」

月村も賛成した。

もう一度、平安産業の本社ビルへ。

ところが事務局の者は昼食に出ているというので、夕湖たちも近くの喫茶店で昼食がてらもどりを待つことにした。

「あ、卵サンドある。あたし、食べたかったんだよ」

夕湖がはしゃぐので、もう食べたとは言いにくくなって、月村も卵サンドに。

ドラゴンは、

「あんなふわふわしたもの」

と、首を横に振り、カレーにした。

そっちのほうが断然うまそうだった。

昼休みの時間が終わったころに、

「どっち先に入る？」

夕湖が訊いた。

「やっぱりぼくらが先でしょう。ぼくらがあとだと入れてもらえないもの」

とドラゴンが言い、その手で行くことにした。

ドラゴンがビルの受付に行くと、受付の女性まで覚えていて、

「惜しかったですね」

と、声をかけた。

「まあね。今日はちょっと別の用で」

「どうぞ。いますよ」

月村のことはたいして気にもせず、通してくれた。おおらかな社風らしい。

ノックもせず、ドラゴンが顔を見せると、

「ああ、ドラゴンくん！」

と、たいした人気者である。

「今日はぼくの取材で、コンテスト、惜しかったって話をしてもらおうと思って」

「うん、惜しかった。○・一票の差だった」

事務員も、ドラゴン相手だと屈託がない。これも人徳だろう。ドラゴンは、タレントとして成功しそうな気がする――と、月村は感心した。

「やっぱり、相手が悪かったよね」

「そうか」

「六堂くんはスタッフにも人気あったから」

「やっぱり」

そこへ、受付の子が来て、

「警視庁の方です」

と、硬い声で告げた。

「あ、先ほども伺って、ほかの方でしたけど。もうちょっと事務局の話が聞きたくて」

夕湖がそう言うと、

「ドラゴンくん、悪いね」

事務員が帰ってくれという顔をしたので、

「いいんです。どうぞ、そこにいて」

と、夕湖は小芝居をした。あんまりうまくない。

とりあえず、これで三人がいっしょに話を聞く態勢はできた。本来、ドラゴンはいなくてもいいのだが、それを言うと月村もいることができなくなる。

「じつは、あの襲撃はもしかして嫉妬が理由なのかと、いま、思ってるんですよ」

と、夕湖は始めた。

「嫉妬……女の子の？」

「いや、女の子に限らず、いろいろ恵まれた子たちじゃないですか」

「ああ、そういうのはあるかも」

「しかも、高額の賞金はもらえるし、一年間はいろいろ海外も飛び回るのだろうし」

「羨ましいですよね」

「抗議のメールにもそういうこと、書いてありました？」

「いや、メールはたいがい、剣ヶ崎くんが選ばれたことへの抗議でしたね」

「ハガキとか封書は？」

「そういうのは来てないです」

「そうですか」

「でも、六堂くんに関しては、ふつうに見ていたら、嫉妬とかはしないかもしれませんよ」

「どうして？」

「六堂くんは、自己アピールがうまくないというか、シャイなんでしょうね」

「シャイ?」

「ええ。だから、ここに来たときも、あたしたち、剣ヶ崎くんより六堂くんになって欲しかったから、自己アピールのアドバイスをしていたんですよ」

「そうだったの」

「それで、いろいろ話を聞いてみると、六堂くんはこのところ、クマムシっていう変な生き物の研究をしていて、その新種を発見したらしいんです」

「クマムシ? 熊(くま)みたいな虫?」

夕湖が真剣な顔でメモしながら訊いた。

事務員はくすっと笑って、

「あたしたちもそう訊きました。いちおう、そうみたいです。でも、話を聞くと、なんか凄い虫みたいで、それはぜひ、発表しろって、けしかけたんです。でも、六堂くんは、まだ疑わしいところもあるし、細部を詰めないといけないからってしぶったんですが、別に研究発表するわけじゃないんだし、見つけたということだけアピールすればいいんじゃないのって」

「なるほど」

「それで、最終の前のときかな、それを発表したんです」

　そこへ月村が、

「そのときのビデオってあります？」

　と、思わず口を挟んだ。

「あ、ありますけど」

　あなたは警察の人じゃないでしょう、という顔をした。

　だが、夕湖が、

「ぜひ、見せてください」

　と、言ったので、事務員は机の引き出しからディスクを出し、かたわらのデッキに差し込んだ。

　かなりの人数を早送りしてから、

「あ、ここですね。最終の前ですから、あまり長くはないですよ」

　と、事務員は言った。

　ちょっとした会議室みたいなところで、六堂禅一郎が照れ臭そうに話し出した。

「ぼくは子どものころから虫が大好きで、いろいろ集めるところから始まったのです。それで、最初は京都一帯から始まり、そのうち叔父が航空会社に勤務していることもあって、南米などにも行ったりするくらい、虫の世界に嵌まっていきました。スペイン語もどうにか話せるのは、南米の虫を研究するためでした。

最初のうちは、カブトムシとか大きな虫が好きだったのですが、なぜか身体(からだ)が大きくなるにつれ、小さい虫が好きになってきて、そういう趣味が高じ、いまは大学院で微生物研究室というところにいます。

それで、最近、ちょっとしたというか、じつは凄い発見なのですが、クマムシという、これはどこにでもいる微生物なんです。よくテレビや雑誌でも、ミイラになっても生き返るとか、宇宙でも生きられるとか、最強の生物とか言われていて、ご存じの人もいると思いますが、このクマムシに関する大発見です。

ただ、これは学問上のことなので、ほかのところで発表し、世界中をびっくりさせたいと思っています」

ここまで話したところで、六堂の持ち時間は終わった。

「新種でも見つけたんですかね」

夕湖が訊くと、

「そんなようなことを言ってましたね」

と、事務員が言った。

「いや、新種じゃないですよ」

月村がまた口を挟むと、

「違うの？」

夕湖が月村に訊いた。

「クマムシは、たしかしょっちゅう新種が見つかるんです。もう千種以上、見つかってるんじゃないかな」

「そんなに？」

「だから、新種じゃない。でも、六堂くんは世界中をびっくりさせたいと言ってたでしょう。大学院の研究生がそこまで言うからには、やはり相当な発見だったことは間違いないと思いますよ」

月村はそう言った。

「だとすると、大学の教授に訊かないと駄目ね」

「そう思いますよ。ああ、たしかにこれは、嫉妬の臭い（におい）がしてきたなあ」

月村がそう言うと、事務員は、

——なに、この人？

と、胡散臭（うさんくさ）そうに月村を見た。

3

月村たちもいっしょに事務局を出ると、夕湖はすぐ大学に電話をして、微生物研究室の京極教授に連絡を取った。

「もしもし。わたしは警視庁の刑事で、東京のホテルで起きた剣ヶ崎明日くんが殺害された事件を調べている上田と申します」

「ああ、うちの六堂くんが怪我をした事件だね」

「それで、我々は六堂くんが何者かから妬(ねた)みを買ったことが、襲撃の理由になったのではないかという可能性も考えていまして」

「妬み?」

「先生は、そういったことを耳にしたことは?」

「いや、ないね。わたしは、教え子のプライバシーには首を突っ込まない。ただ、研究の手助けをしているだけだから」

「六堂くんは、クマムシの研究をしていたそうですね?」

「クマムシ? いや、そんな話はまったく聞いてないね」

ぶっきら棒な調子で言った。

夕湖は京極教授をテレビで見たことはないが、さぞや怖そうな顔をしているのだろう。

「でも、六堂くんはそう言っていたらしいのです。先生、ちょっとお話を伺えないでしょうか?」

「いやあ、そりゃあ、わたしの出る幕ではないなあ」

「出る幕ではないとおっしゃいますと?」

「それはたぶん、六堂くんの趣味の話だよ。わたしが訊かれても、答えられることはなにもないな」

「ですが……」

「ご家族には訊いたの?」

「ご家族はいま、東京のほうに詰めていて、わたしは京都に来ているのですが」

「六堂くんの友だちに訊きなさいよ」

「たとえば?」

「それはわたしにもわからないよ」

「わかりました」

「わたしも事件の解決に協力するのはやぶさかではないが、知りたいことにはなにも答えられないと思うよ」

そう言って、電話は切られた。

「うーん、まいったなあ」

夕湖は頭を抱えた。

「いまの夕湖ちゃんの言葉で、だいたい想像はついたけど、でも、クマムシの謎を探るには教授の協力が必要な気がするなあ」

たぶん専門的な知識が必要になり、それは素人には無理なレベルになってくるのだ。

二人が困っていると、ドラゴンが、

「そういえば、洛北大の教授たちっていうのは皆、いかにも京都の文化人で、お茶屋遊びも大好きだって聞いたなあ。理学部の京極教授も、そうなんじゃないかな」

「へえ」

「上七軒に行ってるかも。洛北大学からは祇園より近いし」

「……」

夕湖の目が気になる。

「あのね、夕湖ちゃん。天地神明に誓って、ぼくはやましいことなんかないから」

「わたしはただ……」

夕湖は口ごもった。

「ただ、なに？」

「わたしが京都のことなんかなにも知らないのに、月村くんはそういう深いところまで知っちゃっているのかと思ってさ。でも、気にしないで。信じてるよ」

「うん」

二人のやりとりにドラゴンは呆れた顔をしたが、

「梅すずちゃんに訊いてみようか？」

と、もう携帯を耳にあてた。

「あ、梅すずちゃん？　ドラゴンです。ちょっと訊きたいんだけど、上七軒には洛北大の教授たちって来てる？　あ、来てる？　そんなに？　ときどきテレビとかに出る京極教授っているでしょ？　おなじみ？　可愛がられてるの？」

そこで月村たちに、

「梅すずちゃん、可愛がられてるみたいよ」

と、言った。

「じゃあ、梅すずちゃんが誘ったら？」

月村が梅すずに聞こえるように、大きな声で訊いた。

「あ、そう。ぜったい来るって」

と、ドラゴンがＯＫのサインを出した。

4

それから何度かやりとりがあって、なんと今夜、上七軒のこのあいだのお茶屋に、京極教授が来ることになった。なんでも自宅がすぐ近くらしい。

「梅すずちゃんが言うには、隣のお座敷に入り、適当に合流したらって」

と、ドラゴンが言った。

「そんなことできるのかね」

月村は首をかしげた。

なんとか梅すずに頼み、こんな噂があるということで、二、三、質問に答えてもらえればと期待したのだ。もし、合流できたら、もっといろんな質問ができるだろう。

「京極教授はざっくばらんな人で、そんなことはしょっちゅうだって」

「へえ」

　さすがに京都の文化人である。

「ここはぼくのポケットマネーをはずむしかないか」

と、月村は出費を覚悟したが、ちょっとだけ、確かめてみることにした。

『歴史ミステリーツアー』の堀井に電話をしたのだ。

「ええっ、また、お茶屋？」

　堀井は驚きのあまり大声を上げた。

「そうなんだよ」

「取材費は無理って言っただろ」

「だから、ぼくも自腹を覚悟したけどさ……」

　少しくらいはどうにかならないだろうか。

「お前、贅沢(ぜいたく)な遊びに嵌まったんじゃないだろうな。親の財産失(な)くすぞ。八丁堀のビル、人手に渡るぞ」

「そんなんじゃないよ」

「舞妓呼ぶのか?」

「それはまあ」

「ちょっと待て。いっぺん、切って、すぐに電話する」

堀井はそう言って、慌てたように電話を切った。

十分くらい経ったか。

「そのお座敷は何時からだ?」

と、妙な調子で訊いてきた。

「七時だよ」

「よし、間に合うな」

「なにが?」

「おれも出る」

「なんだって」

今度は月村が驚いた。

「この前、編集長に、お前が舞妓呼ぶって話をしたら、うちもそのうち〈日本の花街〉の特集を組みたいんだよな、けっこう歴史はそこでの密談で動いているからな、とか言ってたんだよ」

「まさにそうだよ」

と、月村は言った。

「それで、いま、編集長に言ったら、取材費出すから、お前も行って来いって
さ」

「いいのかよ?」

「じつは、ここ何号か完売がつづいて、新しいスポンサーもついたからさ」

「へえ」

「じゃ、しゃべってる暇はない。京都駅に着いたら連絡する」

堀井はいかにも有頂天で、いきなり電話を切った。

5

洛北大の京極教授は、上七軒ばかりか、祇園や先斗町なども含めた京都の花街
では、豪快でくだけた人柄で知られている。
なにせ、京都大学の学生だったころから祇園や先斗町で鳴らし、洛北大学の教

授になったときは、いくつかのお茶屋の女将から、

「教授になったんだから、もう来ないでくれ」

と頼まれたほどの剛の者だった。

洛北大に来てからは河岸を変え、上七軒で遊ぶようになって、はや三十年。奥さんもここの元芸妓というから、骨の髄まで茶屋遊びが沁みている。

よく遊ぶだけでなく、研究の業績も素晴らしい。京極教授の研究のいくつかが完成すれば、地球上から飢餓が無くなるかもしれないとさえ言われている。

見た目は、ほとんど噺家のようである。

現に、亡くなった桂枝雀にそっくりという声もある。

今日も着物を粋に着こなしていた。

「じつは教え子が東京で大怪我を負っていて、遊ぶ気にもなれないのだがね」

そう言いながらも、飲み始めるとやっぱり口も滑らかになる。

「六堂はなまじイケメンなのがよくないんだな。学者なんてのは、おれみたいに壊れたような顔をしていたほうが、いろいろ都合がいいんだ」

などと言って、梅すずを喜ばせている。

「そういえば、隣のお座敷には、洛北の留学生で、あのコンテストにも出ていた

青い目の龍馬さんがいらっしゃってますえ」

　と、梅すずも巧みに話を向けた。

「ああ、そういうの、いたなあ。おれも学内で見たぞ。金髪でちょん髷結ってるやつだろう？」

「そうどす」

「あいつは面白そうなやつだ。こっちに来て、いっしょに飲むように言え」

「ええんどすか？　でも、出版社の方がお二人来てはりますえ」

「出版社？　ああ、いいよ。ついでにおれの本も出させるから」

「では」

　と、梅すずがうまいこと、隣のドラゴンと月村と堀井を呼んで来た。

「これは高名な京極先生と同席させていただくとは、恐縮です」

　と、堀井がさっそく名刺を渡した。

「取材かい？」

　京極教授は訊いた。

「そうなんです。今回は、龍馬がらみなんですが、近いうちに全国の花街を特集しようと思ってまして」

と、堀井は嬉しそうに言った。

　月村も改めて聞くと、いい企画だと思った。じっさい、花街にはさまざまな伝説が伝えられているはずなのだ。あの、佐々木只三郎と中岡慎太郎が、直接、斬り結んだというのもその一つだが、明治の元勲あたりの話などは、それこそぼろぼろ出て来るはずである。それらはあのころはさすがに公にはできず、代々そっと伝えられてきたはずだが、いまなら遠慮なく表沙汰(おもてざた)にできる。

「なるほど」

　と、京極教授もうなずいた。

「それとは別に、先生にもぜひ、豪遊と微生物研究をからめた面白い自叙伝みたいなやつを、うちの雑誌に連載でもしていただけたら」

　と、堀井もこういうところはそつがない。あれだけ、誤植などのミスをやらかすくせに、ちゃんと頼りにされているのは、こういう面があるからだろう。

「おれのは、花街の無頼控(ぶらいひかえ)になっちゃうぞ」

「いいですねえ、京極教授の京都花街無頼控」

「うん。じゃあ、考えておくよ」

「ぜひ」

これはたぶん決まるだろう。

「おれも、残りの人生は見えてきたしな。あとは、自叙伝書くのと、弟子にノーベル賞を取らせるくらいだ」

と、京極教授はご機嫌で言った。

「先生。ノーベル賞はご自分でもらわはんと」

梅すずが言った。

「馬鹿言え。おれごときの成果じゃ、話にならん。だが、若いやつはまだまだこれからだからな」

「そのためには、どうやるんです？」

と、月村が訊いた。

「放っておくんだよ」

「放任主義」

「そう。勝手に好きなだけ研究させる。最後におれが詰めのアドバイスをする」

「なるほど」

たしかに研究ということだけを考えれば、それが最良の方法だろう。

だが、何人かの学徒がそこで競い合うと、純粋に学問だけとはいかなくなる。

そこを突っ込みたいが、なかなかうまくいきそうにない。

こんな場で下手（へた）なことを言えば、教授はへそを曲げ、白けた雰囲気になるのがオチだろう。

——うーん。難しいな。

月村は焦り始めていた。


夕湖と、さっきやって来た吉行は、隣の小部屋にいた。

夕湖も宴会に加わりたかったのだが、

「馬鹿。刑事がいっしょに参加するのはまずいだろうが。しかも京都の花街で」

「そうですか？」

「あたりまえだ。おれたちは隣の部屋で盗み聴きさせてもらうんだ」

がっかりだった。

そして、こうして吉行と差し向かいで、煎茶（せんちゃ）をすすっている。

「それにしても、なかなか本題に入らないな」

と、吉行が言った。

「難しいんですよ、こういうときって」

「名探偵がうまくやってくれないかな」

「きっかけがねえ」

　夕湖も焦り始めていた。


　そのとき、京極教授に電話が入った。

「なんだ、きみか」

と、電話を取った教授が言った。

「え？　ああ、そう。じゃあ、顔を出せばいいじゃないか」

と、電話を切って、

「旧知の新聞記者で科学部の男が、おれをそこらで見かけたらしくて、ちょうど訊きたいことがあったらしい」

　まもなくその記者が入って来た。まだ月村と同じ歳くらいではないか。隣のお茶屋にでもいたらしい。

「なんだい、訊きたいことって？」

「ほら、大怪我をした洛北の院生、先生の研究室の子でしょ？」

「ああ、そうだけど」

その話はしたくないという顔になった。

だが、新聞記者はつねづね京極教授に可愛がられているらしく、

「彼があのコンテストで言っていた話は本当ですか？」

と、遠慮もなく訊いた。

「なんの話？」

「クマムシの研究ですよ」

「そういえば、電話をかけてきた警視庁の刑事も、そんなことを言ってたな。でも、おれは知らないよ」

「クマムシの新種らしいですよ。凄いですよね」

「凄くないよ。クマムシの新種なんか、どんどん見つかるんだから」

月村と同じことを教授も言った。

「でも、ワムシと交尾してできたんでしょう？」

ワムシというのは、水生の微生物で、プランクトンの一種と言ったほうがわかりやすいかもしれない。

「ワムシと交尾？」

京極教授は目を丸くした。

「ぼくは、あの会場で直接聞きましたよ。大きな発見なので、このコンテストとは別に発表するつもりなんだって」

「そんな馬鹿な」

「あり得ないんですか？」

「あり得ないよ。犬と猫との子が生まれるようなものだろうが」

教授は鼻で笑った。

「そうなんですか？　でも、クマムシっていうのは、ＤＮＡ解析でもほかの種を取り込むみたいなことになっているんでしょ」

「まあ、ちょっと言い方は違うけどな」

「そのデータは揃ったと言ってましたよ」

「聞いてないぞ」

「いや、京極先生にも、このコンテストが終わったら相談するんだって言ってましたよ」

「ほんとか、それは？」

京極教授はしばし愕然（がくぜん）としていたが、

「ちょっと秘書の高橋に訊いてみよう」

と、電話をした。

「まだ、大学？　あ、そう、ちょうどいいや。きみは、六堂くんから、クマムシの新種のことをなにか聞いてるかい？　うん、ああ、そう」

いったん電話を遠ざけ、

「それっぽいことは聞いていたそうだ」

と、新聞記者に言った。

さらに秘書と話しながら、内容を新聞記者に伝えてくれる。

「それで、データもあるらしいんだよ。そう。おれにも相談するつもりはあったらしい。そのデータは見られるだろう？　うん、きみ、とりあえず、六堂くんのパソコンのところに行って、なかをのぞいてくれないか？」

秘書はいったん電話を切ったらしい。

「データを見られるんですか？」

新聞記者が訊いた。

「ああ。学内のパソコンは、研究専用だし、おれが急いでチェックしたりすることもあるからな」

「なるほど」

まもなく、電話が来た。

「クマムシのリストがある？　ああ、そう。そのリストをちょっと送ってもらいたいが、おれのスマホじゃ見にくいな」

「どうぞ、ぼくのパソコンを」

と、堀井がノートパソコンを差し出した。

「じゃあ、きみのところに。ただし、すぐに消去させてもらうぞ」

「もちろんですよ」

と、アドレスを伝えた。

リストが入って来た。

教授はそれを見ながら、

「三番目と六番目を開けてくれ。それで、それも送ってくれ」

月村はそのやりとりをわきで聞きながら、

――なんてラッキーなんだ。

と、思っていた。新聞社の科学部の記者が来なかったら、とてもここまでのことは聞き出せなかった。花街というところは、こういう出会いが起きる場でもあるのだろう。

教授が送られて来たデータに見入っているあいだ、堀井は梅すずと話をしていた。

どうも、『東海道五十三次殺人事件』とか、『「おくのほそ道」殺人事件』とかいう声も聞こえる。月村の話をしているのだ。

「そうなんどすか」

「まあ、公にはしにくいんだけどな」

「名探偵なんどすなあ」

と、梅すずが感心しているが、月村のほうはそれどころではない。

「呆れたな」

と、京極教授が言った。

「これはデータそのものが間違っている。クマムシとワムシが生殖行為をし、子どもができたみたいになっているが、これは間違いだぞ」

画面を見ても、月村にはさっぱりわからない。

苦手な数式みたいなものもある。

「捏造（ねつぞう）ですか？」

月村が訊いた。

「捏造なのかな」

教授は首をかしげた。

「六堂くんのデータを誰かが書き換えたんじゃないですか？」

月村はさらに訊いた。

「そうかもしれないな」

「そういう侵入の形跡は確認できるのでしょうか？」

「どうなのかな。プロバイダなどに頼むとできるかもな」

「わかりました」

と、月村がいきなり言った。

「え？」

教授がきょとんとした顔をした。

「たいへん残念なことですが、東京で現代の龍馬暗殺と言われている騒ぎを起こしたのは、先生の教え子たちです」

「なんだと……」

京極教授は愕然としたように月村を見た。

6

月村の言葉で、隣にいた吉行と夕湖が飛び出して来た。

「吉行さん。すぐに六堂くんの同僚たちを押さえたほうがいいですよ」

「わかった。先生、研究室にいますかね？」

吉行が京極教授に訊いた。

「いると思うが、ちょっと待って」

教授がさっきの秘書に電話をし、少し待ったあとで、

「さっきまでいたけど、皆、いなくなったらしい」

と、言った。

「たぶん、秘書の方が六堂くんのパソコンを動かしているのは見ていたでしょうから……」

月村が言った。

「逃げたかな？」

吉行が言った。

「あるいは、東京の六堂くんのところ？」

夕湖が強張（こわば）った顔で言った。

「新幹線の東京行きの最終は？」

月村が科学部の記者に訊いた。

「九時半ごろでしたな」

「やっぱり、もう一回、狙っているんだ」

と、月村が言うと、

「間に合うかも」

夕湖が立ち上がった。


吉行と夕湖、月村と堀井が、最終の東京行き新幹線に、ぎりぎりで駆け込んだ。

自由席の車内はがらがらだった。ほかに二組ほどいるくらいだ。

まずは夕湖がマスクをかけ、

「乗っているかどうか、見て来ます」

と、後ろのほうへ向かった。夕湖は、一人の話を聞いているから、その男を探すのだろう。

「おれも行く」

と、吉行も付いて行った。

だが、結局、もどって来て、

「いなかった。もう一本、前の新幹線かも」

と、夕湖は言った。

吉行は通路を挟んで座ってから、

「おい、名探偵。おれにはさっぱりわからない。どういうことなんだ?」

と、月村に訊いた。

「嫉妬ですよ」

と、月村は言った。

「研究室のようなところは、檻(おり)のなかで競争するみたいなところですから、そういう残念な心理状況に陥りがちなんです」

「それで?」

と、吉行は先を促した。

「六堂くんは、クマムシの研究に手をつけていたのでしょう。そこへ、研究室のほかの四人が、優秀な六堂くんに差をつけられそうで、悪戯(いたずら)をしたのです。クマムシとワムシの子というあり得ない贋のデータをでっち上げたんでしょう」

「贋のデータ……」

「それを六堂くんが京極教授に見せれば、教授はさっきのように、すぐに間違いを見抜いて、馬鹿者、しっかりやれ、と叱られるわけです。ほんとは、その程度の意地悪、足を引っ張るくらいで終わるはずだったんです」

「うん」

「ところが、六堂くんがあろうことか、現代の坂本龍馬コンテストに応募し、しかもそこで、クマムシの大発見をしたと話してしまった」

　月村がそう言うと、

「というか、事務局の人たちが、剣ヶ崎くんのごり押しに対抗し、言うつもりのなかった六堂くんの背中を押しちゃったんだよね」

　と、夕湖が言った。

「そうだな。これがもし、事実なら、世界的な大発見と言っていい。だが、捏造であるのは明らかだよね。こういったことが、もしも捏造だとわかると、いったいどういう騒ぎになるかはわかるよね」

「ああ、例の騒ぎみたいになるわな」

吉行はうなずいた。

何年か前の、若い女性研究者の新型万能細胞のデータ捏造騒ぎは、日本中を揺るがしたものだった。

「あんなことになれば、当然、マスコミが犯人捜しを始める。そうなれば、大ごとだし、自分たちの研究者としての将来も終わる」

「そうだろうな」

と、吉行はうなずいた。

夕湖にもそのあたりは容易に想像できる。

「でも、もし六堂くんを殺せば、すべては六堂くんの捏造ということで終わってしまう。というか、クマムシのところまで突っ込まれずに終わってしまうかもしれない」

「それで、殺そうとしたのか」

吉行は、うんざりしたように言った。

「しかも、ちょうど現代の坂本龍馬コンテストの優勝者がまさに決定した。これに引っかければ、狙いは当然、剣ヶ崎明日のほうだと思われて、自分たちは安全になる」

「でも、月村くん、あいつらは四人しかいないぞ。襲撃は七人でなされたんだ」

と、吉行は言った。

「ほんとに七人なんですか？」

月村は夕湖と吉行を交互に見て訊いた。

「どういうこと？」

「それも龍馬暗殺の犯人が七人だったというのに引っかけたんじゃないでしょうか」

「え？」

吉行が啞然（あぜん）とすると、

「月村くん。あのときの防犯ビデオの映像も、京都のホテルの映像もあるよ」

と、夕湖がパソコンの画面を開いてみせた。

吉行は、本来、止めるべきだろうが、つい自分も見入ってしまった。

「ほらね。皆、似たような恰好（かっこう）をしているから気づきにくいけど、いっしょに映っているのはどれも四人が最多だろ。七人に見せかけるため、監視カメラから外れたところからもどってるんだ」

「なるほど」

と、吉行がうなずき、

「ほんとだ」

と、夕湖が言った。

口には出さなかったが、大滝は体格で見分けられると豪語したくせに、これは見分けられなかった——と、思った。

「最悪、自分たちに嫌疑がかけられても、七人の犯行に思わせておけば、七人揃わないと立件できないかもしれない。もしかしたら、そこまで狙ったのかもしれません」

月村はそう言ったあと、ライバル意識の負の部分に思いが至り、憂鬱(ゆううつ)な気持ちになった。

7

新幹線のなかで、月村は堀井と仕事の話もした。

中岡慎太郎本命説を書くことになるだろう。

だが、それを証明する史料が出せないとなると、かなり脆弱(ぜいじゃく)な説になってしまう。

　それを月村が言うと、

「いいじゃん、月村」

と、堀井は言った。

「なにが？」

「そこは珍説のページだからさ。史料はあるけど、個人のプライバシーに関わるので、出どころなどは明らかにできないが、ということで」

「珍説だからか？」

「お前がそれをなんとしても真実だと打ち出したいなら、それはまた時間をかけてやればいいじゃないか」

「まあ、そうだな」

　堀井の言うのも、もっともだった。

　月村も、これは珍説として発表するが、まんざら否定しきれないと思っている。

　五分五分？

　いや、やはり定説が七分、こっちは三分くらいか。

　だが、こういう珍説が、硬直化した歴史観を揺さぶってくれるのである。

――珍説は大事なのだ。

月村は本当にそう思うのである。

ただ、動かない史実について言えば、いずれの説にせよ、あそこで坂本龍馬が死んだことは、残念でしようがない。龍馬ほど、もっと生かしてあげたかったと思う歴史上の人物も、そうはいないだろう。

さらに月村は、もし龍馬が生きて明治を迎えたなら、龍馬自身の活躍もそうだが、師匠である勝海舟も、新政府内でもっと大きなポジションを占めることができたと思うのだ。

幕末という時代は、だれもがこの先、どうなるのか、皆が手探りで、試行錯誤しながら生きた時代だった。だから、攘夷(じょうい)派だったはずの人たちが、いつの間にか開国派になっていたりした。

だが、勝海舟は早くから新国家のビジョンを持ち、ほとんどぶれずに明治になってからも主張しつづけた。それは、

「日本は大陸国家ではない。海洋国家なのだ。だからこそ、海軍を強くして国を守り、貿易立国、技術立国を目指すのだ」

という主張だった。龍馬もまたこれに強く影響を受け、将来のビジョンを描い

たのである。

しかも、勝海舟はあれだけ喧嘩上手でありながら、基本はきわめてハト派の思想の持ち主で、その後の台湾出兵や日清戦争にも強く反対しつづけた。海舟の基本は、中国、朝鮮と協力し合って、欧米のアジアの植民地化に対抗しなければならないという構想だった。

もし、勝海舟が明治政府でずっと中心の位置を占めていれば、その後の日本の運命はまったく違っていたはずなのだ。

いまごろ言ってもしようがないのだが、そういう意味でも月村は、龍馬の早過ぎた死を惜しむのだ。

「川井さんの京都ツアーのほうは大丈夫か？」

堀井が訊いた。

「ああ、そっちは龍馬と敵対した側の史跡を加えるさ。新選組の壬生寺や、京都見廻組の佐々木只三郎が宿所にした観音寺も入れると、京都市内を一周するような面白いコースになると思うよ」

月村はそう言って、梅すずとの出会いや、上七軒のお茶屋でのやりとりを思い出し、そっと夕湖の顔を窺った。

夕湖は朝早くから京都中を駆け回った疲れからか、窓に頭をつけ、ぐっすり眠り込んでいた。

8

新幹線が東京駅に着いた。

吉行と夕湖、それに月村が八重洲口に待っていた築地署のパトカーに飛び乗った。待機するよう、吉行が連絡しておいたのだ。

堀井は乗り切れず、あげく吉行から、

「きみはいいよ」

と、言われてしまった。

「虎の門病院ですね？」

ドライバーの警官が訊いた。

「はい、お願いします」

吉行が言った。

「虎の門に入っていたんですか？」

月村が訊いた。

「ああ。ニュースでは流れていないけどな」

そこは押さえたのだろう。

東京駅から虎の門病院までは遠くない。ましてサイレンを鳴らして緊急走行である。

救急口に停めてもらい、そこから走った。

入院棟の八階。エレベーターから飛び出すと、そこはすでに大騒ぎになっていた。

患者を運ぶストレッチャーが、がしゃがしゃ音を立てながら行き来していた。

「整形外科の宿直を呼んで来い」

と言う声もする。

何人かが床に倒れ、気絶しているのが見えた。一人は、腕が変なかたちに曲がっている。

その真ん中に、大滝豪介が立っているのが見えた。

なにが起きたのかは明らかだった。四人が集中治療室を襲撃しようとし、その前に元柔道無差別級の金メダル候補の大滝が立ちはだかったのだ。

「大滝、大丈夫か？」

吉行が声をかけた。

「わたしはね。でも、吉行さん、上田、まだ油断できないぞ」

大滝が周囲を見回して言った。

「どうしてだ？」

「あと三人、そのへんにひそんでいますよ。まだ四人しかやっつけてませんから」

それを聞き、吉行は、

「ああ、大丈夫だ。それでぜんぶだから」

と、ホッとしたように言った。

「そうなんですか」

そのわきにいた女性の看護師が啞然とした顔で言った。

「驚きましたよ。人間が空飛ぶのを初めて見ました。それも四人。ぽんぽーんって」

そこへ、集中治療室のほうから男の看護師が駆けて来て、

「警察の方はいらっしゃいますか？　六堂くんがなにか話したいみたいで」

と、言った。

「わかった」

吉行がそっちに向かった。夕湖と大滝も向かうので、月村もしらばくれてあとにつづいた。

六堂は酸素マスクを外されていた。

顔にはうっすら血の色があった。

「剣ヶ崎くんはどうなりました？」

六堂が訊いてきた。

吉行が付き添っていた医者の顔を見た。答えていいものか、迷ったのだろう。

医者がうなずいたので、

「残念だが、亡くなったよ」

と、吉行は答えた。

「そうですか。剣ヶ崎くんはぼくを守るため、必死で戦ってくれて」

「そうなの？」

夕湖が訊いた。

「ええ。たいしたやつですよ、あいつは。あいつはほんとに、現代の坂本龍馬です」

ひどいやつと思われていた現代の坂本龍馬は、多少、軽薄なところはあったが、いざとなると自分を捨ててまで他人を救う熱血漢だったことがわかったのだった。

夕湖はそれを聞き、後ろにいた月村に、

「高瀬社長に伝えてあげたら、喜ぶだろうね」

と、言った。

9

翌朝——。

月村は携帯が鳴っているので目を覚ました。

ベッドから出て、携帯を取った。

網戸を通って、爽やかな夏風が部屋を流れている。

ベッドでは、夕湖がまだぐっすり眠っている。夕湖がここへ来たのは、現場検証を終えた午前二時ごろだった。もちろん月村はその前にもどっている。

「もしもし」

「ニュース見ましたえ」

梅すずの声だった。

楽しかった二度の宴が、ふっと脳裏に甦った。

夕湖を見た。裏切るつもりは毛頭ない。

だが、ああして飲む贅沢な酒宴は、千年もつづいてきた遊興の歴史と楽しさをたっぷり感じさせてくれた。

あそこには、人をもてなすために磨き上げられたすべての技があるのだ。けっして色香だけを求めて行くわけではない。

「ああ、そう。もう、やってたんだ」

時計を見ると九時。ニュースというより、ワイドショーが始まっているのだろう。

「ええ。月村はん、ちらっと映ってはりましたな」

「そうなの」

そういえば、虎の門病院を出て来るとき、道路の向こうでテレビカメラのライトが光っていた。あのとき撮影をしていたのだろう。

「今度も月村はんのおかげどすなあ」

電話の向こうで梅すずが、可愛い声で言った。

「そんなことあるわけないだろう」

月村がそう言うと、梅すずは、

「ふふっ」

と小さく笑った。すべてわかってますよ、とでも言うような、含みのある笑いだった。まさに、勤皇も佐幕も、攘夷も開国も、すべて飲み込んできた花街の微笑み。

それから、一拍置いて、梅すずは優しい声で言った。

「また、お越しやす。素敵な探偵はん」

本書は書き下ろしです。

実業之日本社文庫 か17

坂本龍馬殺人事件　歴史探偵・月村弘平の事件簿

2018年4月15日　初版第1刷発行

著　者　風野真知雄

発行者　岩野裕一
発行所　株式会社実業之日本社
〒153-0044　東京都目黒区大橋1-5-1
クロスエアタワー8階
電話［編集］03(6809)0473［販売］03(6809)0495
ホームページ http://www.j-n.co.jp/

DTP　ラッシュ
印刷所　大日本印刷株式会社
製本所　大日本印刷株式会社

フォーマットデザイン　鈴木正道(Suzuki Design)

ISBN978-4-408-55411-2（第二文芸）